교통약자 차량 운전자의 눈으로 본

장애인의 삶과 애환

그리고 나의 이야기

목차

책머리에

이 이야기는 모두 실화이며, 책 속에 나오는 인물도 모두 실존 인물이고, 책 속의 내용은 한 치의 거짓도 없는 진짜 경험했던 사실입니다.

교통약자 여러분들과 생활을 함께하다 보니, 평소에 제가 미처 몰랐던 일들이 너무도 많았습니다. 때로는 함께 웃고, 때로는 함께 안타까워하던 일들을 그냥 묻어 두자니, 왠지 제 마음을 강하게 흔드는 그 무엇이 있었습니다. 그래서 책을 써야겠다는 생각이 들었습니다. 처음엔 자신이 없었습니다. 가방끈도 짧고 문장력도 변변치 못한 제가, 어찌 감히 대중 여러분께 책을 써서 드린단 말인가.

그러나, "내가 보아 온 진실 그대로 청명한 가을 하늘처럼 거짓 없이 있는 그대로를 보여 드리자." 하고 생각하니 용기가 생겼습니다. 이제 얼마 후면 곧 정년퇴직인데, 저물어 가는 내 삶에 활기도 불어넣어 주고 싶었습니다.

또한, 정말로 특별하다고 자부할 수 있는 저의 어린 시절 이야기도 꼭 누군가에게 들려주고 싶었습니다. 요즘 텔레

비전에 나오는 자연인보다 훨씬 더 자연인으로 살았을 뿐만 아니라 마치 환상의 세계에서 살다가 온 기분이 들기 때문입니다. 산속에서 있었던 믿을 수 없는 사건들도 모두 실제 있었던 일입니다. 감히 전무후무하다고 말할 수 있는 초등학교 생활과 중국에서 겪었던 일들도 무한한 흥미를 가져다줄 것으로 생각합니다.

1부

교통약자 차량 운전자의 눈으로 본
장애인의 삶과 애환

교통약자 차량 이용 안내

저는 현재 용인시 산하 용인도시공사에서 근무하며, 9년째 교통약자 이동지원 차량을 운전하고 있습니다.

그럼 잠깐, 교통약자 차량의 실태와 이용 방법에 관하여 모르시는 분들을 위해서 간단히 소개할까 합니다.

교통약자 차량 운행을 관할하는 운영 사무실은 용인시 처인구 삼가동 미르스타디움 1층에 자리하고 있으며, 이용 상담 전화번호는 031-526-7755입니다. 그곳에는 12명의 상담실 직원과 고객님들의 심사를 담당하는 운영진이 근무하고 있습니다.

뒤에 휠체어를 실을 수 있는 교통약자 전용 다목적 승합차가 72대 있고, 일반 개인택시 60대가 협력하고 있습니다. 새롭게 이용을 원하시는 분들은 우선 병원에 가셔서 장애 진단서와 혼자 힘으로 일반 대중교통을 이용할 수 없다는 의사의 소견서를 준비하셔야 합니다. 그 후 앞서 말씀드린 미르스타디움 1층에 있는 사무실에 접수하시면 그곳에서 직원들이 심사한 후에 이용 여부가 결정됩니다. 이용 자격이 부여되면, 그다음 날부터 바로 이용할 수 있는데, 병원에 가시는 분들을 우선으로 예약해 드립니다. 병원은 이틀 전에, 그 외 복지관이나 개인 볼일은 하루 전에 예약할 수 있으며, 용인시 외의 지역은 병실이 30개 이상인 병원만 2시간을 기다려 드리고 왕복으로 이용할 수 있습니다. 예를 들면 서울에 있는 서울대학병원이나 신촌세브란스, 경희대학교병원, 일산암센터 등 큰 병원에 가실 때, 용인에서 출발 시각이 오전 9시 30분이면 병원 도착까지 소요되는 시각을 1시간 30분으로 계산합니다. 그러면 11시가 되지요? 11시부터 2시간을 기다립니다. 즉, 되돌아오는 시간은 오후 1시입니다. 만약 이 시간이 넘도록 진료가 끝나지 않으면 차는 그냥 돌아오고 고객님은 다른 방법으로 댁으로 돌아오셔야 합니다. 그러니 시간 계산을 잘하셔야 합니다. 그러나 웬만한 진료는 2시간 안에 다 끝나시더군요.

이용 요금은 기본 10km까지 1,200원이고, 10km가 넘으면 5km마다 100원씩 올라갑니다. 용인시 처인구에서 서울을 왕복하면 병원에 따라 거리가 조금씩 다르겠지만, 왕복 요금 약 4~5,000원 내외입니다. 일반 택시는 요금이 무조건 1,500원입니다. 사실 1,500원은 콜비로 주는 것이고, 전체 택시 요금은 용인시에서 부담합니다.

고속도로 요금은 교통약자 사무실에서 부담하니 고객님은 도로비를 신경 안 쓰셔도 됩니다. 전국 어디에 사시는 분이더라도 용인에서 차를 이용하시면 모두 가능합니다.

예를 들어 제주도에 사시는 분이 크게 다쳤다고 가정합시다. 그곳 제주도에서는 이 상황을 치료하기엔 부족한 점이 있어 분당서울대병원에서 치료를 받게 되었는데, 임시로 기거할 원룸을 얻어 놓은 곳이 용인이면 저희 교통약자 이동지원센터에 등록하시고 차량을 이용하시면 되는 것입니다. 마찬가지로 용인 시민들도 서울, 수원, 성남 등 다른 지역에 등록해 놓으시면 그쪽 차를 이용하실 수 있습니다.

그러나 지방마다 이용 방법이나 요금이 모두 다르니 자세한 사항은 각 지자체 교통약자 차량 운행처에 문의하시기 바랍니다. 그리고 예약을 하지 않았을 때는 즉시콜로 이용하실 수 있습니다. 단, 즉시콜은 왕복은 안 되고 편도 이용만 됩니다. 차량 운행은 365일 24시간 운행합니다. 다만 평일과 공휴일의 시간대에 따라서 운행하는 차량의 대수가 다릅니다. 그리고, 운전하시는 주임님들의 주야 교대 시간에 잠깐 배차가 안 되는 배차 사각 시간대가 발생하게 됩니다. 이 시간에 배차에 차질이 생기더라도 고객님들께서는 이해하여 주시고 이용 시간 조정해 주시기 바랍니다.

이용에 조금만 이해를 바랍니다

　교통약자 차량 고객님들은 차가 예약이 안 된다고 불만을 많이 제기하십니다. 그런데 사람들은 저마다 자기 위주로 이야기합니다.
　학교에 가는 학생들은
　"매일 학교에 가는 걸 알 텐데 고정으로 배차 좀 해 주면 안 되나요?"
　역시나 학교에 출근하시는 선생님도 이렇게 말씀하십니다.
　"가뜩이나 장애인 선생님이라서 늦게 가면 눈치 보이는데, 나한테는 고정 배차 좀 해 주지 그래요?"
　일요일에 교회 가시는 분들은 이렇게 말씀하십니다.
　"일주일에 한 번 교회 가는 거 알면서 배차를 안 해 주면 나는 어떡하란 말인가요?"
　병원에 가시는 분들은 또 이렇게 말씀하십니다.
　"병원에 꼭 치료하러 가야 하는데 배차를 안 해 주면 어떡합니까?"

이야기를 들어 보면 모두가 안타깝고, 제 생각 같아서는 모든 분이 불만을 느끼지 않으시도록 배차해 드리고 싶습니다. 하지만 이 와중에도 단연 1순위는 병원일 것 같습니다. 이런 고충 속에 일일이 상담을 해야 하는 상담실 또는 콜센터 직원 여러분, 또한 사무실에서 일일이 민원 상담을 해야 하는 직원들의 애로사항을 조금이나마 헤아려 주시기 바랍니다. 고객님들께서는 속상하시겠지만, 혹시나 배차가 안 되더라도 조금 이해를 해 주시고, 다행히 배차가 되어서 차를 이용하시는 고객님들은 나 대신 다른 분들이 이용하지 못하고 있다는 것을 인지하며 미안하고 고마운 마음을 가져 보는 것도 좋을 것 같다는 생각이 듭니다. 사실 교통약자 차량이 이용하고자 하는 분들에 비해 턱없이 부족한 것은 사실입니다. 약 100명당 차 한 대꼴이니까요. 이 중에서 10분의 1만 이용을 한다고 해도 10명당 한 대꼴. 역시나 예약하기 어려운 것이 현실입니다. 그렇다고 무작정 차를 늘릴 수도 없습니다.

 시민의 세금으로 운영을 해야 하니 이용자가 만족하도록 차를 늘린다면 세금 감당이 안 되겠지요. 할 수만 있다면 내가 중국 고대 소설 서유기의 주인공 '손오공'처럼 털을 뽑아 도술을 부려 장애인 1인당 차 한 대씩을 만들어서 배차해 드리고 싶은 마음입니다.

증상이나 상황에 따른 고객 응대 요령

저희가 모시는 고객님들은 크게 세 유형으로 분류할 수 있습니다.

첫째, 휠체어를 타시면서 중증인 분들은 혼자서 자세를 가누기도 힘드시기 때문에 휠체어 고정한 후 다시 넓은 안전벨트를 또 매어 드립니다. 그중에서도 특히나 척추가 약한 분들이 또 계십니다. 이런 분들은 방지턱을 넘거나 땅이 조금만 파인 곳을 주행해도 아프다고 하십니다. 우리 교통약자 차량은 시속 60km/h로 주행해야 합니다. 그러나 워낙 중증인 분들이 타시면 40km/h도 제대로 주행하지 못할 때도 있습니다. 노면에 조금만 충격이 와도 아프다고 하시니 우리는 운전하는 게 너무 조심스럽고 긴장을 해서 온몸에 진땀이 나기도 합니다. 또 천천히 가면 남의 속도 모르고 뒤에서는 빵빵거리고, 신호가 애매하게 걸리면 급브레이크를 잡을 수 없으니 신호를 위반하게 됩니다. 만약 급브레이크를 잡으면 아무리 안전벨트를 잘해도 뒤에 타신 고객은 앞으로 고꾸라지는 충격을 받을 수밖에 없습니다.

이런 경우 많이 다칠 수도 있기 때문에 우리는 본의 아니게 신호를 위반할 때도 있습니다만, 나중에 책임은 고스란히 본인이 떠안아야 합니다. 아무것도 모르는 일반인들은 블랙박스로 신고를 합니다. 신호를 더 잘 지켜야 하는 교통약자 차량이 신호 위반하고 다닌다고.

두 번째, 휠체어를 타시면서 경증인 고객님들은 그래도 중증인 분들보다는 운전하는 데 한결 마음이 부드러울 수 있습니다.

그러나 역시 고르지 않은 노면이나 방지턱은 정말 조심해야 합니다. 중간 의자에 타시는 분들은 차체 쿠션과 의자 쿠션이 같이 작용하기 때문에 노면의 충격이 조금 있더라도 별로 불편함을 느끼지 못하십니다. 하지만 맨 뒷자리에서 휠체어를 이용하시는 분들은 차체 쿠션도 안 좋을 뿐만 아니라 휠체어 자체에 쿠션도 없기 때문에 충격을 흡수하는 정도가 하늘과 땅 차이일 것입니다. 그래서 일단 휠체어를 타시는 고객님을 모실 때는 고르지 않은 노면을 지나거나 급브레이크를 밟을 때마다 긴장을 많이 해야 합니다.

세 번째는 중간 의자에 앉아서 가시는 고객님들은 운전하면서 급브레이크만 잡지 않으면 운전하는 데 크게 부담은 가지 않습니다. 다만 이분의 현재 상태가 어떠신지는 유심히 관찰할 필요가 있습니다. 몸이 많이 쇠약하신지 아니면 거의 정상인에 가까우신지, 어떤 장애를 가지고 계신지.

신장 투석을 하고 오신 분이라면 현재 체온이 많이 낮아졌기 때문에 내가 좀 덥더라도 에어컨을 트는 것은 자제해야 하고, 50~60대에 접어든 여성분이라면 갱년기라 몸에 열이 많기 때문에 내가 설령 춥더라도 에어컨을 틀어야 할 때도 있습니다. 그리고 대체로 여성분들이 남성들보다 더위를 더 많이 탑니다. 생리학적으로 여자의 체감온도가 남자보다 2~3도 더 높다고 합니다. 그래서 차량 실내 온도를 저한테 맞게 맞추어 놓으면, 남자 고객님은 차 안이 따뜻해서 좋다고 하시고, 여성 고객님은 열 명 중 아홉은 덥다고 하십니다. 따뜻하다고 말씀하시는 분들은 신장 투석하시는 분 아니면 연세가 많은 할머니입니다. 이처럼 우리는 고객님의 상태에 따라 많은 신경을 씁니다.

저는 교통약자 차량을 운전하는 일을 하기 전까지만 해도 사실 장애인은 저와 관계없는 남의 일로만 알았습니다. 그러나 이 일을 하면서 느낀 건데, 누구나 장애인이 될 수도 있고 장애인의 대부분 또한 자신이 그렇게 될 줄 몰랐으며, 생각은 비장애인과 전혀 다를 게 없다는 것입니다. 다만 다리가 좀 불편할 뿐이고, 팔이 좀 불편할 뿐이고, 말하기가 쉽지 않고, 눈이 좀 보이지 않는 건데, 대부분은 그렇지 않겠지만, 극히 일부 비장애인들은 마치 그들의 모습이 겉으로 드러나는 것처럼 마음 또한 그러하리라는 오해를 하시는 분들이 있으리라 생각합니다. 그분들이 비록 몸은 불편해도 마음만은 천상교 무지개다리 위에서 뛰어놀고 있다는 걸 비장애인들은 모르실 겁니다.

사실 비장애인들이 볼 때 장애를 입은 분들을 좀 안쓰럽게 생각하는 건 사실입니다. 아니라면 그건 자신을 속이는 거라고밖에 할 수 없습니다. 그럼 비장애인들이 볼 때 가장 애처로운 장애인이 누구라고 생각할까요?

다리가 불편하여 걷지 못하는 지체장애인

정말이지 다리가 불편하여 휠체어를 탄다면 생활에 얼마나 많은 어려움이 있을까요?

다리로 이동하는 것과 휠체어 바퀴로 이동하는 것은 하늘과 땅 차이입니다. 휠체어를 타면 남들은 쉽게 오르는 계단은 고사하고 불과 1cm 높이의 턱만 있어도 올라가지 못하는 경우도 있고, 맛있는 거 먹으러 남들 다 가는 식당에 가고 싶어도 문턱을 넘기 힘들어 가지 못하고, 화장실 가는 것도 쉽지 않고, 차를 타고 명승고적 금수강산으로 여행도 떠나고 싶지만 버스에도 마음대로 올라가지 못하는 현실에선 모두가 꿈같은 이야기입니다.

그나마 위안이 된다면 나름대로 사회생활을 하시는 분들이 많이 계십니다. 탁구 선수 생활을 하는 분도 계시고, 영

업소나 사무실에서 일하는 분도 계시고, 취미 생활로 여가를 즐기는 분들도 계십니다. 여기서 비장애인 여러분께 제가 감히 한 가지 청을 드리고자 합니다. 길을 가다가 혼자서 휠체어를 타고 가시는 분들을 보시면 주저하지 마시고 조금만 밀어 드리세요. 생각하고 실행하는 것이 어려운 것이지 휠체어를 미는 것이 힘든 것은 절대 아니지 않습니까? 그렇게 해 주시면 장애인분이 너무너무 고마워할 것입니다.

귀가 안 들려서 잘 듣지 못하는 청각장애인

귀가 들리지 않으면 얼마나 불편할까요? 상대방의 입 모양으로 뜻을 추리해야 하는데, 잘못 판단하면 패딩을 팬티라고 잘못 알아듣고, 우랄산맥도 부랄산맥이 될 수 있지요. 그뿐인가요? 길을 건널 때 자동차가 위급하게 경적을 울려도 알지 못한다면 그 얼마나 위험한 일이겠습니까? 다른 사람과 소통이 원활하지 않으니 소외되고 외롭고 서글픈 심정을 그 누가 알겠습니까. 그렇지만 이분들도 나름대로 사회생활도 하시고, 육체는 자유로우니까 나름대로 행복을 누릴 수 있다고 생각합니다.

말하는 게 불편한 언어장애인

나는 열심히 말하는데 정말 사력을 다해서 설명하는데 상대방이 알아듣지 못하면 참으로 복장이 터지고 속상한 일이지요. 그나마 열심히 들어 주려고 노력하는 사람이 있는가 하면, 요즘 말로 정말 개무시하는 사람도 있지요. 확 그냥 정말이지 오뉴월 장맛비 내리는 날에 먼지가 나도록 패 주고 싶은 심정이 들 때도 있을 겁니다. 그래도 이분들은 어디 다니시거나 잠을 잘 때는 고통 없이 잘 주무실 거로 알고 있습니다.

앞이 안 보이는 시각장애인

그야말로 앞이 캄캄하겠지요. 비장애인 또는 시각장애인이 아닌 여러분! 본인이 앞이 안 보인다고 한 번쯤 생각해본 적이 있는지요? 솔직히 저 같으면 세상 못 살 것 같아요. 시각장애인 중에는 선천적인 사람과 후천적인 사람이 있습니다. 후천적인 사람 중에는 사고로 그런 분도 계시고, 당뇨 때문에 시력을 잃은 분도 계신답니다. 그분들 이야기를 들어 보면 사고로 시력을 잃으신 분들은 모두 한두 번쯤은 자살을 시도하셨다더군요. 그러나 극복하고 나니 그래도 지금은 살 만하다고 하십니다.

　그리고 비장애인의 생각과는 달리, 장애인 중에서는 그래도 행복지수가 꽤 높은 것 같습니다. 이분들은 밖에 나다니는 것 말고는 뭐든지 다 할 수 있다고 하십니다. 마음만 먹으면 안마시술소에서 일할 수도 있습니다. 물론 안마 일을 하는 게 힘드시겠지만 그래도 직업을 가질 수 있고, 돈도 벌 수 있는 것 아니겠습니까? 그리고 먹고 싶은 음식 가릴 필요 없이 다 먹을 수 있고, 잠도 편히 잘 수 있습니다. 사람이 아픈 곳 없어서 잠을 편히 잘 수 있다는 건 큰 행복일 겁니다. 특별히 어디 아픈 데 없으면 정기적으로 병원에 안 가도 되니 병원비가 따로 들어가지도 않고, 집안에서는 별로 불편함 없이 요리하고, 빨래하고, 아기 키우고, 화장도 직접 하시고, 취미 생활로 피아노, 아코디언 등 악기 연주, 그리고 멀리 있는 사람과 전화로 말씀하시면서 장기도 두고 하신답니다. 도우미가 계시면 등산도 하시고, 관광버스 타고 멀리 바닷가로 여행도 다니십니다. 뛰어난 능력으로 농사를 지으시는 분이 계시는데, 이분은 밭일을 시원한 밤에 하신다는군요. 어차피 보고 하는 건 아니고 손끝의 감각으로 하시니까 굳이 무더운 낮에 밭에 갈 필요가 없다는 것이지요. 참 대단하신 분입니다. 그런데 매일 다니던 길도 방향 감각을 잃어버리면 낭패를 보는 수가 있습니다.

　저는 여느 때와 같이 덕성리에 이○남 고객님을 모시러

갔습니다. 항상 차를 타시던 곳까지 가서 기다리는데, 시간이 지나도 오시지를 않는 것입니다. 아무래도 뭔가 잘못되었다는 생각이 들어서 그분께서 나오시던 골목길로 들어가 보았습니다. 약 20m쯤 들어가니 고객님께서 지팡이로 자꾸만 길이 아닌 논 쪽을 더듬고 계셨습니다. 항상 다니시던 집 앞의 익숙한 길이었지만, 순간적으로 어떤 혼돈이 생겨 그만 방향 감각을 잃고 말았던 것입니다. 저는 얼른 다가가 팔짱을 끼고 모시고 나왔습니다. 이렇듯이 앞이 안 보인다는 건 역시나 큰 장애가 아닐 수 없는데도 어떤 분들은 단체까지 운영하시는 걸 보면 저절로 고개를 숙일 수밖에 없습니다.

뇌병변장애나 신체장애이신 분들 이야기를 아니 할 수 없군요

거의 모든 분이 신체의 좌·우측 중 한쪽의 정상적인 사용이 어렵고, 또는 하반신장애로 고생하시는 분들입니다. 이분들은 행동의 자유도 그렇지만 통증 때문에 애를 먹는 분들입니다. 밤에도 수시로 통증이 와서 거의 매일 밤잠을 설치곤 하죠. 어떤 분은 제게 이런 말씀을 하십니다. 차라리 한쪽 팔을 주고서라도 통증 없이 잠을 잘 수 있다면 그렇게 하고 싶다는군요. 그 말씀을 듣고 있노라니 왠지 가슴이 찡한 게 저로서는 아무것도 도와 드릴 수 없는 것이 참으로 안타까웠습니다.

하지만, 제가 생각하는 가장 마음이 아픈 장애인은 바로 신장 투석을 하는 분들입니다

신장 투석을 하시는 분들은 단지 신장(콩팥)만 나쁜 것이 아닙니다. 신장이 나쁘면 심장도 나쁘고, 당뇨와 고혈압이 동반되기도 하고 시력도 떨어집니다. 몸무게를 유지해야 하니 먹고 싶은 것 마음껏 먹지 못하고, 물 한 모금 마실 때도 몸무게를 걱정해야 하고 소변도 제대로 보지 못하십니다. 소변이 안 나옵니다. 그래서 투석하면서 소변으로 가는 수분도 함께 빼내는 것이지요. 죽음의 전염병 사스가 와도, 이름만 들어도 공포스러운 메르스가 와도, 코로나19 전염병이 와도, 그분들은 일주일에 세 번씩은 꼭 병원에 가야 합니다. 이틀에 한 번씩 병원에서 투석을 받아야만 합니다. 월, 수, 금 또는 화, 목, 토. 처음 시작하시는 분들은 일주일에 두 번 가는 분도 계시지만, 심한 분들은 네 번 가는 분들도 계십니다. 하루를 살기 위해 하루를 병원에서 고통을 받아야 하는 것이지요. 여러분! 기회가 되면 그분들의 팔을 한번 보십시오. 혈관은 울퉁불퉁 튀어나와 있고, 때로는 지혈이 안 되어서 투석이 끝난 후에도 긴 시간 동안 댁으로 돌아가지 못하십니다. 그뿐인가요? 집에 계시다가도 갑자기 바늘 꽂았던 곳의 혈관이 터져서 온몸이 피투성이가 되어 구급차에 실려 병원으로 급히 가기도 하십니다. 경제적으로도 어려움이 많이 있습니다. 의료보험이 된다 하더라도 고정적인 병원비가 발생합니다. 한 달에 평균 30만 원 이상이 드는 것으로 알고 있습니다. 남들은 시간이 되면 제주도나 해외여행도 다니지만, 이분들은 이틀에 한 번은 무조건 병원에 가서 투석을 받아야 하니 어디 가서 자고 오는 여행은 생각할 수가 없습니다. 대부분 팔에 혈관을 뚫고 투석을 하시지만 또 어떤 분들은 배에 구멍을 뚫고 복막 투석을 하는 분도 계십니다. 매일 밤 8시간 동안 투석해야 한다고 합니다.

투석 환자의 가장 좋은 치료 방법은 다른 사람의 신장이식인데 그게 말처럼 그리 쉬운 게 아닙니다. 만만치 않은 수술비는 둘째 치고 우선 기증자가 있어야 하고, 기증자가 있어도 서로 코드가 맞아야 합니다. 코드가 맞지 않으면 이삼 년 만에 다시 투석해야 하는 상황도 벌어지고 십 년 안에 망가지는 경우도 많다고 합니다. 가장 코드가 잘 맞는 사람은 부모-자식과 형제-자매라고 합니다. 여섯 개의 코드 중에 남의 것을 받으면 잘 맞아 봐야 두세 개인데, 부모-자식이나 형제-자매 유형은 잘하면 네 개 이상이 맞는 다고 합니다. 그리고, 젊고 건강한 기증자의 것일수록 좋겠지요. 아무리 혈연 간이라 하더라도 연세가 많으시면 문제가 되고요. 또한, 신장을 이식받았다고 그것으로 끝나는 게 아닙니다. 꾸준하게 관리를 계속해야 합니다. 그래서 저의 기준으로 볼 때 가장 안타까운 장애인은 바로 신장 투석을 하시는 분들입니다. 그 외 어린이 장애아들이 많지만, 아기들 생각하면 너무나 가슴이 미어져 글로 서술하지 않겠습니다. 하루빨리 완쾌되길 빌며 꼭 그렇게 되기를 진심으로 기도합니다.

이 글을 읽으시는 여러분! 신장 관리를 정말로 잘하셔야 합니다. 신장병에 걸리지 않으시려면 스트레스 많이 받지 말고, 과로하지 말고, 짜거나 맵게 드시지 말고, 과음하지 말고, 흡연 많이 하지 말고, 성질내지 말고, 항상 사랑하고 웃으며 긍정적으로 사세요.

신장은 한 번 망가지면 영원히 회복되지 않습니다. 따라서 앞에서도 언급했지만 신장이 나빠지면 심장도 함께 나빠집니다. 반대로 심장이 나빠지면 신장도 나빠집니다.

이야기가 너무 딱딱한 것 같으니
한번 웃고 넘어갈까요?

여러 유형의 장애인들을 모시다 보면 생각지도 못한 말씀에 웃을 때도 많습니다.

한번은 지적장애가 있는 고객님을 모시고 가는데, 그날 따라 차가 너무 막히는 것입니다. 저는 혼잣말을 했습니다.

"차가 왜 이렇게 많지?" 그러자 그분이 말씀하시더군요.

"복잡하니까요."

즉, 복잡하니까 차가 많다는 말씀입니다. 하하, 말씀에 일리가 있지요?

시골에서 어떤 할머니 한 분이 타셨습니다. 저에게 말씀하시더군요.

"이 차는 노라요?"

"아니요, 매일같이 일해요."

"아니! 노랗냐고요."

그제야 무슨 뜻인지 알아차렸습니다.

"아하! 노란색이냐고요? 예, 흰색 바탕에 노란색을 칠했답니다."

어떤 사위가 처가 쪽에 있는 곳으로 출장을 갔다가 오랜

만에 장인, 장모님 좀 찾아뵙고 인사나 드리려고 처가 대문을 여니, 마침 그때 장인, 장모님이 부부싸움을 하다가 장모님이 대문 밖으로 뛰어나오시더랍니다. 얼마나 위급했는지 장모님은 사위가 왔는데도 본체만체하고 저쪽으로 달아나는데 뒤이어 장인어른이 뛰어나오시더니,

"이년 어디로 갔어? 이년."

그러자 사위가 자기도 모르게 "그년 저쪽으로 갔어요." 했답니다.

말끝에 말이 나온다고, 사위가 그만 큰 실수를 했다네요.

오랫동안 교통약자 차량을 운전하다 보니 별별 고객님들을 다 만나게 되더군요. 때로는 함께 웃고, 때로는 함께 격분하고, 안타깝고 감동적이고 슬픈 이야기입니다.

2시간 동안 심정지 되었다가
기적처럼 깨어난 소녀 이야기

기흥구에 새로 지은 깨끗한 아파트 지하에서 처음 맞이하는 고객님을 만나게 되었습니다. 연세가 70이 조금 안 되어 보이는 어머님과 얼굴빛이 하얗고 예쁘게 생긴 따님이었습니다. 따님은 말이 없고, 차를 타고 가면서 어머님과

자연스레 말씀을 나누게 되었습니다. 말없이 가면 분위기도 냉랭하고 긴장감이 돌기 때문에 저는 될 수 있으면 날씨 이야기로 먼저 말씀을 건넵니다.

그러다 고객님이 반응이 없으시면 입을 다물고 가고, 반응이 있으시면 서로 살아가는 이야기며 애로 사항 등 별별 이야기를 다 하게 되지요. 대부분의 고객님은 이렇게 서로 간단한 이야기를 하며 가는 걸 좋아하시더군요. 현재 따님이 언어와 약간의 뇌병변장애를 입었고 어머님은 보호자로 가는데, 따님의 장애를 입은 사연에 대하여 저에게 들려주시더군요. 현재 나이는 20세쯤 되어 보이더군요. 아무튼, 몇 년 전 고등학교 1학년 때 학교에서 수업 중에 갑자기 심정지가 와서 쓰러졌답니다. 119 구급대원들이 세 명이 번갈아 가며 무려 두 시간 동안이나 심폐소생술을 실시하였답니다.

그런데 깜짝 놀랄 일이 벌어졌습니다. 원래 심정지 후 5분만 지나도 소생하기 힘들다고 하는데, 무려 두 시간이 지났음에도 불구하고 의식이 돌아왔다는 것입니다. 정말 믿어지지 않는 이야기입니다. 심폐소생술 할 때 어느 정도 하다가 깨어나지 않으면 대부분 포기를 하는데, 구급 대원들도 워낙 어린 소녀이다 보니 차마 포기할 수가 없어서 계속해서 실시하였다고 합니다. 그 말을 듣는 순간 갑자기 저의 눈시울이 뜨거워지더군요. 목적지에 도달한 후 차에서 내려서 저도 모르게 그 소녀의 두 손을 꼭 잡았습니다.

"이렇게 예쁜 아가씨를 하마터면 못 만날 뻔했군요. 고마워요."

고객님과 헤어지고 나서도 한동안 벅찬 가슴의 여운이 오래도록 남았습니다. 2년이 넘도록 만나지를 못했는데 그동안 어떻게 지내시는지 궁금하군요.

이○비 고객님! 잘 계시죠? 혹시 이 글을 보신다면 고객님 때문에 감동하고 눈물을 흘렸던 사람이 있다는 걸 말씀드리고 싶군요.

처음 만났을 때는 새침데기 아가씨

둔전 쪽에서 가끔 교통약자 차량을 이용하는 분 중 휠체어를 탄 고객님이 한 분 있었습니다. 처음 만났을 때 서로가 서먹서먹하니까 우리는 별말이 없었습니다. 첫인상은 그냥 예쁘장하고 순진하고 나이가 한 20대 초반 정도의 어린 아가씨로 보였습니다.

두 번째 만났을 때도 별말이 없었습니다. 세 번째 만났을 때 나이가 궁금하여 제가 물어보았습니다.

"소녀는 아닌 것 같고, 아가씨 같은데 지금 몇 살인지 물어봐도 돼요?"

"저 올해 마흔두 살이에요."

"네?"

저는 깜짝 놀랐습니다.

"아니! 나는 갓 스무 살 정도로 봤는데, 미안해요. 저는 나이가 어린 줄 알고 가끔 말을 놓기도 했는데….".

"아이, 괜찮아요. 아저씨는 아빠 같은 사람이니까 괜찮은 데, 중학생들이 반말할 때는 아주 환장하겠어요."

여러분! 얼마나 어려 보였으면 중학생들이 반말을 할 정도였는지 상상이 가시나요? 이때부터 친해지기 시작해서 우리는 마음을 터놓고 온갖 이야기를 다 하였습니다. 이 고객님은 장애를 입기 전에는 서울에서 직장 생활을 했다고 해요. 가끔씩 친구들이 만나자고 하는데, 가고 싶어도 갈 때는 교통약자 차량으로 갈 수 있지만 오는 게 문제라서 갈 수가 없다고 합니다. 지방마다 정해진 규칙이 다 다르지만, 용인시 교통약자 차량이 용인시를 벗어날 수 있는 때는 극히 제한적입니다. 병실이 30개 이상인 큰 병원에 갈 때는 왕복 운행이 되지만 그 외의 일에는 가시는 것, 편도만 운행이 되거든요.

이런 얘기 들을 때면 참으로 안타깝습니다. 처음엔 집에서 출발해서 목적지까지의 20분 정도 소요되는 거리를 침묵하고 갔었는데, 요즘은 언제 다 왔는지 모르게 많은 이야기를 합니다. 주로 고객님께서 이야기하지요. 그동안 얼마나 외로웠을까, 그토록 내성적으로만 보이던 아가씨가 이렇게 마음을 열어 주니 잠시도 입을 가만히 있지 않고 나와 이야기를 나누는 것이 마냥 즐거워 보였습니다. 그런데 이 고객님을 모시지 못한 것도 어언 3년이 넘은 것 같군요. 어떻게 된 건지 모르겠어요. 혹시 다른 곳으로 이사하신 건 아닌지?

임○일 고객님! 참으로 보고 싶습니다. 나를 만나면 조잘조잘 즐겁게 이야기하시던 그 모습이 지금도 눈에 선합니다.

나의 입가에 미소 짓게 하는 예쁜 꼬마 숙녀님

경기도 용인시 처인구 양지초등학교 뒤쪽에서 우리 차를 이용하시는 꼬마 숙녀 고객님이 계십니다. 하얀 피부에 나이는 열일곱 살 정도 되어 보이고 얼굴도 아주 예뻐요.

어린 나이에 휠체어를 탄 모습을 보면 가슴이 아플 때도 있지만, 저를 보면 소리 없이 미소 짓는 그 모습이 너무 보기 좋아 내 마음이 한없이 즐거워집니다.

박○현 고객님! 고객님을 만나면 이렇게 즐거워하는 사람이 있다는 걸 아시고 항상 행복하게 지내세요.

억울한 이 심정 누가 알아주나요?

유림동에 어느 연세가 지긋한 아주머니 이야기입니다. 친정은 충남 천안인데 21살 때 이곳으로 시집을 왔다고 하십니다. 신랑이 잘산다고 했는데 와 보니 당장 먹을 것도 없고, 나이는 5살 위라고 했는데 알고 보니 12살이나 위였다는 것입니다.

중매쟁이한테 속은 걸 알고 몇 번이나 도망쳤지만, 번번이 붙잡혀서 나중에는 결국 포기하고 지금껏 살고 있다고 합니다. 옛날에는 이런 유사한 일들이 많이 있었을 것입니다. 요즘이야 서로 만나 보고 마음이 있어야 결혼하지만, 옛날에는 부모님이 하라면 그 말에 순종하는 것이 당연한 일이었겠지요. 결혼할 사람 얼굴도 못 보고 결혼하였으니 첫날밤에 과연 어떤 일들이 있었을까요? 잘생긴 신랑과 예쁜 신부를 맞이한 사람들은 땡잡았다고 속으로 쾌재를 불렀을 것이고, 못생긴 신랑과 덜 이쁜 신부를 만난 사람들은 크게 실망하지 않았을까 생각됩니다. 그러나 정붙이고 살아 보면 인물보다는 마음이지요. 세상에서 내 편 들어 주는 사람, 나만 생각해 주는 사람이 최고의 배우자가 아닐까요? 내가 넘어질 때 붙잡아 주는 사람, 내가 외로울 때 옆에서 손잡아 주는 사람. 이보다 예쁜 사람이 또 어디 있겠습니까?

70세의 너무나도 고우신
시각장애인 임○숙 님 이야기

앞을 전혀 볼 수 없는 분인데도 믿어지지 않을 정도로 항상 곱게 차려입고 깔끔하신 분이었습니다. 언젠가 제가 여쭈어보았습니다.

"앞이 안 보이시는데도 어쩌면 그렇게도 예쁘게 화장도 하고 옷도 항상 깨끗하고 단정하게 입고 다니시는지요? 생활하시는 데 많이 불편하지 않으세요?"

임○숙 님께서 대답하시기를요.

"집에서 밥하고 반찬 만들고 생활하는 데는 전혀 불편함이 없어요. 다만 길거리에 나갔을 때 방향을 알 수가 없으니까 그게 제일 불편하지요."

"참 대단하십니다."

비장애인인 저로서는 정말 상상이 가지 않을 정도입니다. 앞이 안 보이면 저 같으면 아무것도 할 수 없을 것 같은데 말입니다. 아마도 어쩔 수 없으니 거기에 맞추어서 생활하다 보니까 조금씩 적응하신 것 같습니다. 그런데 안타깝게도 몇 해 전 어느 날, 홀로 기거하시던 댁에서 주검으로 발견되셨습니다. 심장마비로 돌아가셨다는 얘기를 들었습니다. 그 소식을 듣는 순간 제 가슴도 많이 아팠습니다. 누님 같고, 이모님 같고, 이웃집 아주머니처럼 인자하시고 좋은 분이셨는데. 홀로 생활하시다 보니 마지막 가시는 길이 얼마나 쓸쓸하셨을까 생각해 보면 눈시울이 뜨거워집니다. 부디 좋은 곳으로 가셔서 저세상에서는 밝은 두 눈으로 보고 싶은 것 마음껏 보시며 행복하게 지내시길 기도합니다.

신○화 여사님 이야기입니다

안타까운 사연이라면 이런 분을 빼놓을 수가 없지요. 바로 '파킨슨병'과 싸우시는 분들입니다. 파킨슨병이 얼마나 무서운 병인지 접해 보지 않은 분들은 모를 겁니다.

손이 떨리기도 하지만, 몸의 중심이 안 잡혀서 자꾸만 한쪽으로 쏠리는데, 이럴 때 옆에서 누군가 잡아 주지 않으면 쓰러져서 크게 다치십니다. 그리고 나아가서는 치매가 동반되기도 하지요. 갑자기 어느 고객 한 분이 생각나는군요.

연세는 70대 초반의 엘리트 출신 미혼 여성이었습니다. 미혼이시니 당연히 가족이라고는 아무도 없고, 혼자 사시면서 병원과 성당에 가시는 것이 거의 일과인 듯하였습니다. 연세를 드셨어도 상당히 미인이신데 어떻게 결혼을 안 하셨을까? 저 혼자 생각도 해 보았습니다. 그분이 다니시는 병원은 멀리 경기도 청평호 옆에 자리 잡은 '국제청심병원'입니다. 파킨슨병을 전문으로 보시는 박사님이 계시다며 꼭 그곳을 가십니다. 한두 번 모셔 보니 항상 교통약자 차량 예약 시간보다 10분 전에 나오셔서 저를 기다리시더 군요.

세 번째로 국제청심병원에 가시기로 한 날입니다. 일찍 나오시는 걸 알기에 전에 만나던 동네 가게 앞에 10분 일찍 도착하여 고객님이 나오시길 기다렸습니다. 그런데 오늘 좀 늦으시네요? 정시가 되어도 나오시질 않고, 전화도 안 받으십니다. 통상적으로 저희는 예약 시간까지 안 나오시더라도 10분 정도 더 기다리다가 그래도 안 나오시면 전화를 드려 보고, 통화가 안 되면 그대로 회차합니다. 하지만 병원에 안 가실 분도 아니고 전화를 안 받으실 분이 아닌데 분명 무슨 일이 생긴 게 분명합니다. 동네 가게에 들어가서 물어보니 다행히도 고객님의 집을 안다며 가르쳐 주십니다. 알려 주시는 곳으로 찾아갔습니다. 흙벽돌로 쌓아 올린 담은 있되, 대문은 없고, 집 앞에는 넓은 밭이 딸린 오래된 기와지붕의 개인 주택이었습니다. 어림짐작으로 집과 밭 전체 면적이 100평은 넘어 보였습니다. 땅의 전체 모양은 약간 직사각형에 남향으로 지은, 조금은 세월의 흔적이 느껴지는 그런 집이었습니다.

밖에서 불러 보아도 대답이 없으십니다. 아무래도 안 되겠다 싶어 문을 열고 들어선 순간, 깜짝 놀랐습니다. 고객님께서 재래식 부엌의 한 모퉁이에 쓰러져서 꼼짝 못 하고 괴로워하고 계셨습니다. 얼른 가서 일으켜 드리며 왜 이렇게 되었냐고 여쭈어보니, 중심을 못 잡고 그만 한쪽으로 넘어졌는데 혼자서는 도저히 일어설 수가 없었다고 하셨습니다. 제가 만약 10분 지나서도 고객님이 안 나오신다고 그대로 회차하였다면 무슨 일이 벌어졌을까요? 생각만 해도 끔찍합니다. 그날 병원에 갔다 오고 나서 한동안 못 뵙다가 약 석 달쯤 후에 수원 원천동 성당에 가실 때 다시 뵙게 되었습니다. 우리는 여러 직원이 그때그때 콜센터에서 배차를 하는 대로 운행하기 때문에 자주 뵐 수도 있고, 길게는 몇 년 동안이나 못 뵐 때도 있습니다. 그동안 어떻게 지내셨냐고 여쭈어보니, 쓰러졌던 날 이후 집과 땅을 팔아서 며느리에게 주었는데 며느리는 당신에게 삼천만 원짜리 원룸 전셋집을 얻어 준 뒤 얼마 후에는 아들과 이혼하고 어디로 갔다고 합니다. 여러분! 이상하지요? 분명히 시집을 안 가셨다고 했는데 아들은 뭐고 또 며느리는 뭐냐고요.

실은 혼자 적적하셔서 양아들을 두었다고 하십니다. 수억대 땅 팔아서 결국 양며느리만 좋은 일 시켰답니다. 그리고 또 얼마간의 시간이 흘렀을까. 어느 날 비보가 날아들었습니다. 전처럼 쓰러지셨는데 곁에 아무도 없으니 일어서지 못하셔서 결국은 돌아가셨다는 겁니다. 아! 얼마나 그 순간이 외롭고 힘들고 고통스러우셨을까. 생각하면 생각할수록 참으로 안타깝고 애통하였습니다. 저에게는 참 특별하게 정이 가는 고객님이셨는데. 청평댐 옆에 있는 국제청심병원에 갔다 올 때는 항상 맛있는 점심도 사 주셨고, 제 나이 열여섯 살 때 처음으로 사랑을 느끼고 좋아하던 옆집 누나와도 이름이 같은 분이셨습니다.

새살림 차린 할아버지 할머니

어느 날 삼가동에 사시는 할머니 고객님께서 용인성당 옆 동네를 가자고 하십니다.

그곳에 도착해 보니 원룸이 있었는데 그 앞에는 쓸 만한 살림살이들이 많이 바깥에 버려져 있었습니다.

"아니, 쓸 만해 보이는데 왜 다 버렸을까요?" 하고 고객님에게 물어보니, 여기는 갈 곳 없는 할아버지 할머니들이 모여 사시는 곳인데, 그중에서 어느 두 분이 서로 눈이 맞아서 새살림을 차려서 나가면서 그동안 쓰던 물건들은 모두 버리고 갔다고 말씀하시더군요.

"두 분 연세는 어떻게 되시나요?"

두 분 모두 80이 넘으신 것 같다고 하시더군요.

"와! 참 대단한 열정을 가지신 분들이네요. 짝짝짝(박수)."

가수 김연자 씨의 노래, 아모르파티의 가사처럼 역시 나이는 숫자에 불과하다는 걸 느꼈습니다. 그 연세에서 가슴

두근거림과 불타오르는 정열을 느낄 수 있었다는 건 정말 대단한 행복이라고 생각합니다. 그래요, 어차피 대부분은 100년도 못 사는 인생. 한 번 왔다가 한 번 가는 거 내 마음이 시키는 대로, 나의 열정이 이끄는 대로 그렇게 살아 보는 것도 좋지 않겠습니까?

핫도그를 무척 좋아하는 소년

백암의 어느 시설에서 동백으로 다니는 한 소년이 있습니다. 이 고객님은 정신지체장애를 가지고 있습니다. 이 고객님이 차를 타시면 한 가지 찾아봐야 할 게 있습니다. 무엇이냐고요? 바로 편의점이죠. 이분은 핫도그를 무척 좋아합니다. 하나 사 드리면 목적지까지 맛있게 먹고 가는 모습이 보기 좋습니다.

저는 베푸는 걸 참 좋아합니다. 그래서 그런지 특히 배고픈 어린이들을 보면 그냥 지나칠 수가 없답니다. 가끔 보면 재활 치료를 하고 난 후라든가 점심시간 즈음해서 집으로 돌아가는 어린이 고객님들이 있습니다.

보호자가 함께 있건 없건 배가 고플 때가 많을 겁니다. 내 손자 같고, 조카 같고, 그것이 아니더라도 측은한 마음이 들 때가 많아요. 마트나 편의점 앞을 지날 때는 빵과 우유를 사 줄 때도 있고, 어떤 때는 직접 사 먹으라고 현금을 줄 때도 있습니다.

그렇게 쓰인 금액은 얼마 되지 않지만, 제 기분이 얼마나 좋은지 모릅니다. 그러나 저만 고객님께 베푸는 것이 아니고, 저 또한 많이 받아요. 어떤 아이들은 학교에서 만들었다며 제게 빵을 줍니다. 받아 보면 얼마나 고마운지 몰라요. 이 빵을 저에게 주려고 만들었다는 말을 들으면 더없이 가슴이 뭉클해져요. 실행해 보지 않은 사람은 모릅니다. 이렇게 마음을 주고받는 것이 얼마나 큰 행복인가를….

작가 이명춘 님과 수필가 남몽해 님 이야기

이명춘! 이분은 작가이기도 하고 시인이기도 합니다. 연세가 80이 훨씬 넘으셨는데도 틈만 나면 책을 내십니다. 책을 안 써 보신 분들은 쉽게 생각할지 모르지만, 제가 글을 써 보니 글을 쓴다는 것이 얼마나 엄청난 에너지와 집중력을 요구하는지 모릅니다. 참 대단한 분이라고 생각하며 존경해 마지않습니다. 아! 작가라면 이분도 빼놓을 수 없지요. 이분이 특별한 것은 바로 시각장애인이기 때문이지요. 바로 수필가 남몽해 님이십니다. 앞이 안 보이는데도 글을 쓰시고 일요일엔 지인분들과 등산도 다니십니다. 정말 대단하다는 말밖엔 할 말이 없습니다. 그런데 뵙지 못한 지가 무척 오래되었습니다. 언젠가 아산병원에 가서서 눈 수술을 한다고 하셨는데, 혹시 수술이 잘되어서 우리 차를 이용하지 않는 건 아닌지요? 정말 그렇다면 얼마나 축복할 일입니까? 남몽해 님! 어디에 계시든지 부디 행복하게 잘 지내셔야 해요, 알았죠?

때로는 융통성 있게

어느 무더운 여름날이었습니다. 용인 처인구 시내에서 원삼 방면으로 고객님을 모시고 송담대를 지나서 500m쯤 가니, 80대로 보이는 어떤 할머니 한 분이 앞에서 걸어가고 계셨습니다. 순간 의문이 들었습니다.

'도대체 어디까지 가시기에 이 무더운 여름날에 연세도 많으신 분이 저렇게 걸어가고 계실까?'

이 길은 마을버스가 그리 많이 다니지 않고 일반 차들의 통행량은 많고, 인도도 없고 동네도 멀리 떨어져 있는데…. 원래 우리 차는 일반인들은 태워 주면 안 되고, 태워서도 안 되고, 만약 태워 드렸다가 무슨 일이 생기면 그 책임은 모두 제가 져야 합니다.

그러나 사람이 어떻게 원칙에만 묶여서 살아갈 수 있겠

습니까? 피도 눈물도, 인정도 메마른 세상, 저는 그렇게 살고 싶지 않습니다. 차에 타고 계신 고객님께 양해를 구하니 고객님도 저와 같은 마음이었습니다.

할머니 옆에 차를 세우고 어디까지 가시느냐 여쭈어보니 해곡리까지 가신다는 것입니다. 아니! 이 무더운 날에 그렇게나 멀리까지 걸어서 가시다니. 여기서 해곡리까지는 아무리 못해도 4km가 넘는 거리였습니다. 할머니는 땀을 엄청 흘리고 계셨습니다. 더 이상 망설일 게 없습니다.

"할머니 제 차 타고 가세요."

저는 내려서 문을 열고 할머니를 차에 태우고 안전벨트까지 채워 드린 후, 차를 타고 가면서 할머니와 얘기를 나누어 보았습니다.

"아니 그 먼 데까지 왜 걸어가세요?"

버스를 타려면 오랜 시간을 기다려야 하니 기다리기 지루해서 걸어간다는 것입니다.

"할머니, 이 더운 날에 큰일 나요! 버스 시간이 안 되면 택시라도 타고 가세요."

하지만 우리의 아버지 어머니들은 돈을 여간 무서워하는 게 아닙니다.

나의 눈살을 찌푸리게 하는 사람

우리의 임무는 차 앞에서 고객님을 맞이하여 차량에 탑승을 도와드리고, 목적지까지 안전하고 편안하게 모셔다드린 후 역시나 차 앞에서 배웅해 드리면 됩니다. 하지만 규칙만 지키기에는 인간미가 없기에 때로는 최대한 고객님들의 편의를 도와드리기 위해 휠체어를 먼 거리까지도 밀어드리고 부축해 드리고, 시각장애인분들은 불편함이 없는 장소까지 모셔다드립니다.

사실 이런 일들은 도우미나, 요양보호사, 또는 보호자가 하실 일들입니다. 그런데도 이런 것을 아는지 모르는지 아주 드물게는 우리를 하인 취급하는 분들도 계십니다. 우리에게 휠체어를 대문 앞까지 밀어 달라고 하고 본인은 먼저 들어가 버리는 행동들.

그리고 이래라저래라 하시는 분들도 간혹 계십니다. 보호자 없이 혼자 이동하실 수 없는 분들은 원칙적으로 저희가 승차를 거부할 수도 있다는 걸 알아주시길 바랍니다. 다만 차마 인간적으로 그럴 수 없어서 저희가 스스로 도와드리는 겁니다.

얼마 전에 이런 일이 있었습니다. 용인성당 근처에서 콜이 와서 가 보니, 휠체어만 밖에 있고 사람은 보이지 않습니다. 가까이 가 보니 반지하 방 계단 위에서 할아버지는 할머니 양손을 잡아끌고 있고, 할머니는 기운이 하나도 없이 축 늘어진 채로 양손을 할아버지한테 잡힌 채 매달려 있는 것입니다. 요양사라는 아주머니는 계단 밑쪽에서 할머니 허리춤을 한 손으로 잡고서는 "빨리 일어나세요!" 하고 있었습니다. 제가 모셔야 할 고객님은 바로 할머니였습니다.

저는 그 모습을 보면서 순간적으로 화가 많이 났습니다.

"무슨 일을 이렇게 하고 있어요?"

혼잣말처럼 저도 모르게 말이 밖으로 튀어나왔습니다. 저는 얼른 가서 할머니 양쪽 겨드랑이 사이로 팔을 넣고 할머니를 안아서 휠체어에 태우고 다시 차량에 모셨습니다. 휠체어에 모시는 것까지는 원래 요양보호사가 하는 것이지만, 보다 못해서 제가 하였습니다. 그렇게 차를 출발하여 병원으로 가고 있는데 대뜸 요양사가 저한테 이렇게 말을 합니다.

"내가 태어나서 오늘처럼 기분 나쁜 말은 처음 들어 보네. 내가 뭘 잘못했다고 말을 그렇게 해요?"

제가 '무슨 일들을 이렇게 하냐'고 한 말이 기분 나쁘다는 겁니다. 저도 순간 열이 올랐습니다.

"아줌마, 지금 나한테 시비 거는 겁니까? 일을 하려면 제대로 하고 말려면 말지, 그게 뭡니까?"

뭐, 온종일 청소하고 일해서 힘이 없다는 겁니다.

"그럼 힘이 센 다른 사람을 보내세요." 하니, 다른 사람이 없다는 겁니다. 그러면서 하려면 하고 말려면 말라고 했다고 저를 신고하겠다면서 명함을 달라네요. 얼른 명함을 주면서 신고하라고 했습니다. 그러나 본인도 양심이 있는지 그 후 한참이 지나도록 아무런 연락이 없습니다.

유방동에서의 어느 날

처인구 유방동 용인고속도로 IC 옆 빌라에 사는, 30대의 어느 여성분을 모시게 되었습니다. 장애 등급은 정신지체이고 목적지는 수원 매교시장이었습니다. 혼자 간다고 합니다. 원래는 보호자가 동승해야만 갈 수 있습니다. 정신지체장애인들은 가는 중에 어떤 돌발 행동을 할지 모르는데, 운전석에 앉아 있는 저로서는 어떻게 대처할 방법이 없기 때문입니다. 실제로 정신지체장애인이나 자폐성장애인에게 운행 도중 뒤에서 목을 잡힌 운전자도 있습니다. 그리고 갑자기 괴성을 지르기도 하고, 좌석을 발로 뻥뻥 차기도 합니다. 이 고객님이 보호자 없이 혼자 탑승해서 가는 것이 못내 마음에 걸리긴 하였지만, 그렇다고 일일이 "보호자 없으면 탑승이 안 됩니다." 할 수도 없습니다.

매교시장을 가려면 영동고속도로를 타고 동수원으로 나

가는 것이 빠르고 편한 길이었기 때문에 저는 망설임 없이 고속도로 톨게이트로 향했습니다. 그런데 갑자기 뒤에서 소리를 치십니다.

"지금 어디로 가는 거예요?"

"고속도로로 가려고요."

"정신이 싸가지가 없네. 나한테 먼저 물어봤어야지. 국도로 가란 말이에요!"

참, 기가 막혔습니다. 고속도로비도 용인시에서 부담하고, 오전 8시 43분인데 고속도로로 가면 차도 안 막히는데…. 하는 수 없이 차를 돌렸습니다. 다행히 아직 고속도로 본선에 접어들기 전이고, 바로 앞에 회차로가 있어서 그대로 회차하여 국도로 향했습니다. 아무리 정신지체장애자라 하더라도, 이럴 때는 별로 기분이 좋지 않더군요.

사실 목적지까지의 도로 선택은 저희가 합니다. 빠르고 효율적으로 운행할 수 있는 길은 운전을 오랫동안 한 저희가 가장 잘 아니까요. 뒷좌석에 앉아서 이리 가라 저리 가라 지시하는 분들이 가끔 계시는데, 그러시면 안 됩니다. 헷갈려서 잘못하면 사고가 날 수도 있습니다.

장애인을 모시는 분들의 유형

장애인을 돌보시는 보호자 분들을 보면, 대체로 요양보호사 또는 활동 보조가 많습니다. 두 번째로는 배우자, 그다음은 딸, 그다음 아들, 며느리 순으로 나뉩니다. 또한, 장애인이 자녀거나 어린이일 경우도 어머니가 보호하는 것이 대부분이고 가끔은 할머니나 외할머니도 계십니다. 언남동의 어느 아파트에는 어르신 두 분 모두 몸이 불편하셔서 저희 교통약자 차량을 이용하십니다. 한결같이 젊은 여성분이 보호자 역할을 하시는데, 누가 보아도 영락없는 따님 같았습니다. 그만큼 어르신들을 가족처럼 대하는 모습에 진심이 드러나기 때문이었겠지요. 그런데 나중에 알고 보니 요양보호사분이셨습니다.

"어쩌면 저리도 아름다운 심성을 가지고 계실까?"

바라보는 제가 가슴이 뭉클해졌습니다. 가끔은 그 댁의 바깥 어르신 혼자 분당서울대병원에 진료하러 가실 때도 계십니다. 어느 날은 병원에서 댁으로 가시는 걸 제가 모셨습니다. 댁의 근처에 다 왔을 무렵, 우리은행 옆에 있는 약국에 내려 주고 가라고 하십니다. 말씀대로 약국 앞에 내려 드리니 약국으로 들어가시더군요. 그러나 저는 차마 그냥 갈 수가 없어서 어르신께서 약을 사서 나오실 때까지 기다렸습니다. 왜냐하면, 그분은 바로 시각장애인이시기 때문이지요. 그리고 10분쯤 후에 약국에서 나오시는 어르신을 댁까지 모셔다드렸습니다. 혼자서 댁에 가시려면 약국 앞의 4차선 도로를 건너고도 약 400m 정도를 아파트 단지 길로 더 올라가셔야 합니다. 그러나 어르신께서는 교통약자 차량 운행의 규정을 알고 계시기 때문에 저를 잡아둘 수가 없었던 것입니다. 그러나 앞이 안 보이는 상황에서 혼자 집까지 찾아가신다는 건, 비장애인들이 달도 없고 불빛 하나 없는 깜깜한 밤에 낯선 벼랑길을 헤쳐나가는 것과 무엇이 다르겠습니까? 아니, 차라리 비장애인이 깜깜한 벼랑길을 헤쳐 나가는 것이 더 쉬울 수도 있겠지요.

배우자분들이 보호자 역할을 할 때는 여러 가지 유형이 있지만, 천차만별입니다. 칠팔십 이상인 분들은 환자가 남편이든 부인이든 살아 계신 걸 고맙게 생각하신다며 보호를 잘하십니다. 상대방이 먼저 떠나시고 혼자이신 분들은 자식들이 모시기보다는 거의 다 요양원에 가 계십니다. 이런 걸 볼 때 미우나 고우나 그저 부부밖에 없는 것 같습니다. 혼자 되면 인생이 허무해지고 낙이 없습니다. 여러분! 함께 계실 때 배우자님께 좀 더 잘해 주시고, 건강 챙겨 주십시오. 부부인데 5~60대인 분들은 아픈 사람이 누구냐에 따라서 보호자의 태도가 조금 달라지기도 하더군요. 남편이 아프고 부인이 간호하시는 분들은 100% 남편을 예뻐하고 애지중지하지만, 부인이 아프고 남편이 간호할 때는 상황이 조금 달라지더군요.

대부분은 부인을 잘 간호하시지만, 아주 드물게는 현재 상황을 받아들이지 않고 짜증 내며 스트레스로 생각하는 분들도 있더군요. 따님들이 간호하시는 분들은 가끔 있고, 아들이나 며느리가 간호하는 경우는 아주 드뭅니다. 특히 며느리가 시부모를 간호하는 경우는 거의 로또 맞을 확률일 겁니다. 제가 9년 동안 이 일을 하면서 며느리가 시부모 간호하는 것은 딱 두 번 보았습니다. 그분들에게 제가 말했습니다. 당신들은 국보급이라고요.

저는 고객님들을 보면 하나같이
가족 같은 생각이 듭니다

　연세 많으신 어르신들 보면 저의 어머니 아버지 같아서 가끔은 연세도 여쭈어보고, 저희 어머님도 올해 몇 살입니다, 저희 어머님이랑 동갑이시네요, 그런데도 저희 어머님보다는 더 정정하십니다, 저희 어머니도 어머님처럼만 건강하셔도 얼마나 좋을까요? 하며 이런저런 이야기를 나누다 보면 어느새 목적지에 도착합니다. 차에서 내려 드리고 다시 한번 인사를 드립니다.

　"어르신, 넘어지지 마시고 항상 조심하세요, 넘어지시면 큰일 나요. 입맛 없더라도 진지 잘 드시고요. 다음에 또 봬요."

　젊은 고객님을 보면 우리 아들 같아서 또 물어봅니다. 어떻게 하다가 이렇게 되었냐고. 그리고 말해 줍니다. 내가 보기엔 굉장히 씩씩하다고. 그래도 이만하길 천만다행이라고…. 사실 어린 고객님들을 보면 솔직한 심정으로 부모님들 입장에 가슴이 아픕니다. 또 한편으로는 더욱더 귀중한 자식인 건 두말할 나위도 없고요. 저는 어린이나 아기들을 너무 좋아하기 때문에 어린이나 아기 고객님들을 만나면 반가운 마음에 너무 기분이 좋습니다.

어린이를 좋아한다는 이야기를 쓰다 보니 문득 30여 년 전 20대 후반에 있었던 추억들이 생각나네요. 그때 저는 서울 구의동에 자리한 액세서리(목걸이, 귀걸이, 팔찌, 반지 등) 만드는 회사에 근무하고 있었습니다. 중소기업이다 보니 작은 상가의 2층부터 4층이 회사의 전부였습니다. 주택가에 있었던 회사라서 근처에는 네 살 다섯 살 되는 어린 친구들이 좀 있었습니다. 이 친구들은 시간만 나면 제가 일하는 2층으로 올라와서 출입문을 반쯤 열고 얼굴을 들이밀고는 살며시 저에게 속삭입니다.

"아저씨! 보석 좀 주세요."

"응? 그래그래."

저는 생산부 과장이라는 직책을 맡고 있었기 때문에 제 주변에는 여러 가지 재료들이 많았습니다. 아이들이 달라고 하는 보석은 다름이 아니고, 아직 액세서리 완성품이 만들어지지 않은 동그란 진주나 ccb라고 하는 구리도금 구슬, 또는 반짝반짝 빛나는 스톤이라는 부품들이지요. 저에게는 별거 아니지만 아이들은 참 좋아해요.

아이들과 친하게 지내다 보니 자연스럽게 아이 엄마들과도 아는 사이가 되더군요. 하루는 2층 문을 열고 누가 저를 부릅니다. 돌아보니 어떤 어린이의 엄마더군요. 손짓하기에 문밖으로 나가 보니 오늘이 그 어린이 동생인 아기 돌이라며 부담 갖지 말고 점심 먹으러 오라는 겁니다. 흔쾌히 승낙하고 맛있게 점심을 얻어먹었습니다.

이야기가 잠시 다른 데로 흘러갔네요.

일하다 보면 깜빡하고 카드나 돈을 안 가지고 나오는 분들이 계십니다. 80세가 넘은 할머니 한 분이 타셨습니다. 신갈에서 분당 미금역까지 가시는데 목적지에 거의 도착했습니다. 무얼 찾으시는지 한참을 부스럭거리십니다. 나는 호기심에 여쭈어보았습니다.

"어머님! 뭘 그렇게 찾으세요?"

"집에서 지갑을 안 가지고 온 것 같아요. 차비도 드려야 하는데."

"그래요? 차비 가지고 뭘 그렇게 신경 쓰세요. 다음에 내시면 되지요. 그것보다도 병원에 가서도 돈이 필요하실 텐데… 병원비는 얼마나 들어요?"

"한 12,000원 정도 있으면 돼요."

"네, 걱정하지 마세요. 제가 빌려 드릴게요."

마침 가지고 있는 돈이 있어서 20,000원을 드렸습니다. 또 한번은 이런 일도 있었습니다. 둔전 어느 빌라에서 아주 대학병원에 가시는 고객님을 맞이하게 되었습니다. 보호자도 없고 거동도 불편할 뿐만 아니라 말씀도 잘 못 하셨습니다. 저에게 쪽지를 내미시는데 이런 글이 적혀 있었습니다.

"차비가 없어요, 병원비도 없으니 10,000원만 빌려주세요."

사정이 너무 딱하신 것 같아 차비도 받지 않고 돈도 10,000원을 빌려 드렸습니다.

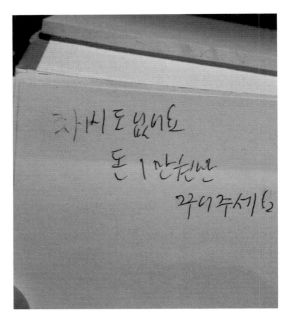

둔전 할아버지 메모장

물론 차비는 당연히 내 돈으로 내야 하고 빌려드린 돈도 받을 생각을 하지 않았습니다. 그 후 그 할머니를 다시 만나지 못했고, 둔전빌라의 할아버지 고객님도 만나지 못했지만, 돈 1, 2만 원이 아깝다는 생각은 절대 들지 않습니다. 내 어머니 같기도 하고 아버지 같기도 하지만, 누군가에게 베풀 때의 그 행복은 느껴 보지 않은 사람은 모를 겁니다. 나는 내가 행복해지기 위하여 앞으로 똑같은 일이 생겨도 또 그렇게 할 것입니다. 저는 어렸을 때 자전거포에 다녔기 때문에 자전거나 휠체어를 고칠 수 있는 기술이 있습니다. 때로는 저의 기술력을 발휘하여 휠체어 바퀴에 바람도 넣어 드리고, 구멍 난 곳도 때워 드렸습니다. 근무 중에는 시간이 안 되기 때문에 퇴근 후 댁으로 방문하여 고쳐 드리기도 하였습니다. 강남 마을 어느 댁에서는 답례품으로 직접 만드신 접는 부채를 선물로 받은 적도 있습니다. 나의 능력을 누군가에게 베풀어 보면 그것처럼 마음 뿌듯하고 기분 좋을 때가 없습니다. 그래서 기부도 해 본 사람이 하고 봉사도 해 본 사람이 하는가 봅니다. 제가 연세 드신 어르신들께 한 가지 당부할 것이 있습니다.

어르신 여러분! 절대로 넘어지지 마십시오. 물론 넘어지고 싶어서 넘어지는 분들은 없겠지만요. 노인의 세대가 되면 육체적 고통이 아주 치명적이라고 합니다. 골절되어 수술을 받게 되면, 아무리 마취 후에 수술한다고 해도 깨어날 때라든가, 회복 단계에서 큰 고통을 받기 마련입니다. 이 고통을 받을 때 뇌가 쪼그라들어서 치매가 온다고 합니다. 제가 겪어 본 대부분의 연세 드신 치매 환자분들은 1차로 넘어져서 골절되어 수술받고, 2차로 요양 병원에서 요양 치료

하고, 3차에 결국은 요양원으로 가십니다. 일단 요양원에 가시게 되면 다시 집으로 가실 확률은 복권에 열 번 당첨되는 것보다 더 어려운 것으로 알고 있으며, 평생을 돌아가실 때까지 그곳에서 한을 품으십니다. 죽을 만큼 집에 가고 싶고, 친구들도 너무 보고 싶고, 나를 여기에 버린 자식이지만 그래도 오매불망 이제나저제나 찾아와 주길 바랍니다. 삶의 의미를 잃어버리고, 빨리 죽기만을 소원하실지도 모릅니다. 요즘은 옛날 같지 않아서 모두가 삶의 전선에서 일합니다. 대소변 가리지 못하는 부모님을 모시려면 누군가는 온종일 돌봐드려야 하는데, 현실이 그리 녹록지가 않습니다. 저의 어머니 또한 요양원에 계시다가 돌아가셨습니다. 그 안타까운 눈길을 대하노라면 저의 억장이 무너집니다. 차라리 어머니와 함께 차를 운전하고 가다가 높은 절벽 아래로 떨어져 버릴까? 별의별 생각을 다 해 보았습니다. 저는 어머니께 그다지 자주 찾아가지 않았습니다. 어머니를 뵙고, 요양원을 나설 때면 심장이 터지는 것 같았습니다. 가슴이 너무 아파 소리 없는 눈물로 통곡하며 속으로 어머니! 어머니만 되뇌어 보았습니다. 참으로 서글픈 현실입니다.

여러분! 모두 모두 질 좋은 삶의 행복을 누리기 위해 건강에 좀 더 신경을 써 주십시오. 그런 의미에서 제가 그동안 믿거나 말거나 주워들은 특별한 치료 방법들을 몇 가지 소개할까 합니다.

욕창에는 갑오징어 뼈가 특효약이다

어떤 분이 일 년 넘게 낫지 않던 시어머님 욕창에 갑오징어 뼈를 말려서 가루를 내어 붙여 드렸더니 3일 만에 딱지가 앉고 완쾌되었답니다(백○경 고객님 말씀).

저도 어머니께 써 보았는데 이미 욕창이 너무 진행된 상태이고, 몸의 면역력이 현저히 떨어지다 보니 잘 듣지 않았던 것 같습니다. 그러나 초기 증상에는 효과가 좋은 듯합니다. 제 동생은 시어머니를 집에서 모시는데, 수시로 발라 드렸더니 모두 완쾌되었다고 합니다. 관심을 가지고 치료해야 합니다.

이 문제에 대해서 궁금하신 분은 저에게 전화하시면 사용법을 상세하게 설명해 드리겠습니다.

손가락에 관절염이 오면 테니스공을 구해서 절반쯤 쪼갠 후 자주 쥐었다 폈다 해 주면 효과를 볼 수 있다

저도 손가락이 좀 아파서 이 방법을 시도했더니 효과가 있더군요. 이 방법 때문에 좋아진 건지 아니면 우연히 좋아진 건지 확실히는 모르지만, 지금은 손가락이 아프지 않습니다(허○자 고객님 말씀. 정형외과 의사가 알려주셨답니다).

손발톱 무좀에는 매니큐어가 최고다

　때로는 손톱이나 발톱이 두꺼워지고 부서지기도 하는, 아주 짜증 나고 스트레스 쌓이는 무서운 병, 손발톱 무좀. 발톱을 깎으려고 해도 손톱깎이가 들어가지도 않지요. 이건 제가 직접 경험한 것입니다. 저는 2002년부터 2011년까지 10년 동안 중국 생활을 했습니다. 그때 발톱이 두꺼워지는 무좀에 걸렸었는데, 회사 동료가 하는 말이

　"그거 매니큐어 바르면 완쾌돼." 하는 것입니다.

　그 친구도 그랬었는데 매니큐어 바르고 괜찮아졌답니다. 밑져야 본전이라고 저도 그날부터 발랐습니다. 모양 보지 말고 발가락 살 있는 데까지 흠뻑 발라 주었습니다. 특히 발톱 밑에 스며들도록 많이 발라야 합니다. 2~3일에 한 번 꼴로 5회 정도 발랐는지, 오래전 일이라 기억이 가물가물하네요. 아무튼 그 후로 신경 안 쓰다가 어느 날 보니까 신기하게도 다 나아 있었습니다(다시 한번, 저의 경험담입니다).

당뇨에는 인동초의 덩굴과 뿌리와 둥굴레를 같이 달여 먹으면 효과를 볼 수 있다

(전○복 고객님 말씀)

그러나 당뇨에 가장 좋은 방법은 꾸준한 운동입니다. 저의 지인께서 당뇨가 있는데 운동을 정말 꾸준히 하십니다. 42.195km의 마라톤 풀코스를 자그마치 10회나 완주할 정도로 열심이셨습니다. 처인구에 거주하시는데, 출근하기 전 매일 모현까지 왕복한 후에 출근하기도 했습니다. 대단하지요? 그의 열정이 존경스럽고, 박수를 보냅니다.

살구를 갈색 설탕에 효소를 담가 먹으면 중풍에 좋다

(어느 분께 들었는지 까먹었어요. 흑흑.)

고혈압 환자는 물을 조금씩 자주 마시면 아주 좋다

(변○규 고객님의 말씀입니다.)

발에 무좀이 있을 땐 이 방법이 최고다

이건, 제가 직접 행하고 있는 것이니까 추호도 의심의 여지가 없는 것입니다.

무좀이 있으신 분들을 보면, 100% 모두 발 닦을 때 비누를 사용하는 것으로 압니다. 그렇게 하시면 안 됩니다. 다른 곳은 비누로 닦더라도 발은 절대로 비누칠을 하지 마세요. 그냥 맨손으로 발가락 사이와 발등, 뒤꿈치, 발바닥을 빠짐없이 뽀드득 소리가 나도록 손가락으로 닦아 보세요. 발은 매일 닦아도 매일 때가 밀립니다. 이렇게 매일 닦으시면 무좀 절대 생기지 않습니다. 저는 양쪽 발을 닦는 데만 3~5분 정도 걸립니다.

나이가 들수록 부부는 함께 자야 한답니다

방금 이상한 생각 하셨죠? 그게 아니고요. 사람의 평균 체온은 36.5도라고 하는데, 어린아이들은 이보다 1도 정도 높고, 연세가 많으신 분들은 1도 정도가 낮다고 합니다. 체온이 낮으면 어떤 일이 생길까요? 면역이 약해지겠지요? 그런데 부부가 한 이불에서 함께 자면 체온이 1도 정도 올라간다고 합니다. 체온이 1도 오르면 그만큼 면역력이 강

해지고, 신진대사가 활발해지니 식욕도 좋아지고, 또 그만
큼 잘 먹게 되니 건강도 좋아지겠지요. 여러분! 나이가 들
수록 배우자를 귀중하게 생각하고 더 많이 사랑해 주시기
바랍니다.

일하다 보면 힘들 때도 있지만 기쁠 때도 많아요

특히 저를 격하게 반기는 소녀들이 있는데, 박○민, 오○정. 저를 보면 엄청 반겨 주니 저 역시도 그들을 만나면 참 즐겁답니다. 그래요. 사람은 누군가가 나에게 잘 대해 주면 내 마음이 기쁘고, 나 역시도 그 사람에게 잘 대해 주고 싶지요. 살다 보면 친구들이 나를 부르고, 또 누군가는 카톡을 보내고 전화를 걸어 옵니다. 나에게 카톡이나 메시지 또는 전화, 어떤 방법으로든 연락을 주는 사람을 소중하게 생각해야 합니다. 나에게 그만큼 관심이 있으니 연락을 주겠지요. 때로는 귀찮을지 몰라도 그래도 그때가 좋을 때입니다. 아무도 연락이 안 오면, 그 누구에게서도 관심 밖에 있다면 그 인생은 살아 있다고 볼 수 없을 것입니다. 조금 귀찮더라도 친구가 부르면 나가야겠지요(여기서 말하는 친구는 꼭 같은 연배의 친구가 아닌, 모든 지인을 뜻합니다).

물론 답장도 당연히 해 주어야겠죠? 할 일이 없어서 나를 찾는 게 아니고, 시간이 남아돌아서 카톡 보내는 게 아닙니다. 나를 찾을 땐 그만큼 나에게 관심이 있다는 뜻이고, 카톡을 보내고 전화를 할 때도 그만큼 나를 생각하기 때문이 아니겠습니까? 물론 정말로 보고 싶지 않은 친구라면 대꾸할 필요가 없겠지만요.

우리들 이야기

가끔 보면 우리 교통약자 차량을 화물차로 착각하시는 분들도 계십니다. 콜을 받고 가 보면 상자에 가방에 무슨 짐 보따리가 그렇게도 많은지. 병원에 가시거나 퇴원하실 때의 물건이라면 이해가 되는데 이건 그게 아닙니다. 또 어떤 때는 김장 배추와 무를 잔뜩 사 놓고 우리 차에 싣고 가자고 하시는 분들도 계십니다. 다시 한번 말씀드리지만 우리 차는 화물차가 아닙니다. 교통에 불편을 느끼시는 분들을 위해서 국가와 시에서 복지 정책으로 제공하는 차량으로서, 사람과 간단한 짐만 실을 수 있다는 걸 알아주셨으면 하는 마음입니다. 일하다 보면 위험한 순간도 참 많이 겪게 됩니다. 그래서 우리는 항상 긴장하고 정신을 바짝 차려야 합니다. 특히 전동휠체어를 차에서 내릴 때 고객님은 뒤가 보이지 않는 상황에서 후진해야 합니다. 또한, 전동이라서 조금만 작동을 잘못해도 속도가 붙어서 순간적으로 바퀴가 리프트의 턱을 넘어 떨어집니다. 이때 우리는 급히 전동차가 차 밖으로 떨어지지 않게 뒤에서 붙잡습니다. 수동휠체어는 동력이 없지만, 전동휠체어는 동력이 작용하다 보니 뒤에서 힘으로 제압하는 것도 여간 어려운 일이 아닙니다. 그러므로 손이나 정강이가 약간 까지는 일도 가끔 일어나고, 까딱 잘못되면 크게 다치기도 합니다. 실제로 처인 대기소에서 근무하는 서○○ 주임은 전동휠체어 바퀴가 발등을 넘어가는 바람에 다쳐서 한동안 고생한 적도 있습니다.

운전 중 배탈이 날 때도 가끔 있습니다. 화장실에 가고 싶지만 기다리는 고객님을 생각하면 화장실도 마음 놓고 갈 수 없습니다. 소변을 참고, 배 아픈 걸 참고 운전하면 진땀이 나며, 손끝 마디까지 통증을 수반할 때도 있습니다. 그러나 우리는 누구나, 고객님을 불편하지 않게 모셔야 한다는 사명감을 가지고 있기 때문에 웬만하면 배차가 된 상태에서는 화장실 가는 것도 미룹니다. 어떤 고객님들은 예약 시간보다 1~2분만 늦게 도착하여도 언짢아하십니다.

고객님! 당부의 말씀을 드립니다. 우리 교통약자 차량을 운전하는 모든 주임님은 최대한 고객님께 불편을 드리지 않으려고 노력하고 있지만, 때로는 저희 나름대로 피치 못할 사정 때문에 간혹 늦을 때도 있으니, 너그럽게 이해하여 주시길 간곡히 부탁드립니다. 저희는 점심 식사 시간과 장소가 따로 정해지지 않았습니다. 운행하다가 고객님이 하차하신 장소에서 점심 배차가 들어오면 근처에 적당히 차를 세워 놓고 밥을 사 먹으러 갑니다. 그런데 지나가는 사람들이 주차해 있는 차를 보고 교통약자 차량이 어느 골목에서 운행도 안 하고 놀고 있다며 민원을 넣습니다. 하다 못해 지나가던 어떤 기자도 이를 보고 사무실에다가 전화합니다. 여러분! 차가 서 있으면 무조건 놀고 있는 건가요? 비가 오면 무조건 장마가 지는 건가요? 옷차림이 남루하다고 해서 무조건 거지로 생각하는 사람들. 눈앞에 보이는 것이 전부가 아니라는 것을 알아주셨으면 하는 마음입니다.

대통령님과 국토교통부 장관님!
그리고 공직에 있거나 시설 쪽에 있거나 관계가 있는
담당자 여러분! 제발 제 말에 귀를 좀 기울여 주시길
간곡히 부탁드립니다

먼저 말씀드릴 것은 버스전용차로 통행에 관한 것입니다. 현재 버스전용차로를 운행할 수 있는 차량은 간략하게 13인승 이상 버스, 6인 이상이 탑승한 승합차, 긴급 자동차인데 여기에 시와 지자체에서 운영하는 교통약자 차량은 빠져 있습니다. 소방차, 경찰차, 구급차가 모두 긴급 자동차에 속하는데, 엄밀히 말하면 교통약자 차량도 긴급 자동차에 해당한다고 볼 수 있습니다. 교통약자 차량은 공무를 수행하는 차이며, 개인적으로는 절대 사용할 수 없고, 고속도로를 이용하여 서울로 가는 차량은 대부분 큰 병원에 예약하고 가는 환자가 탄 차량입니다. 사실 교통약자 차량을 이용하시는 고객님 중에 90%는 환자분들이십니다. 그리고 매일, 또는 일주일에 몇 번씩은 병원에 가십니다. 물론 환자분 중에는 경증이신 분도 계시지만 대부분 중증인 사람들이 많고, 도로가 막혀서 병원 예약 시간에 도착하지 못하는 경우도 많이 있습니다. 이럴 때는 운전기사와 고객 간에 언쟁이 생길 때도 있습니다. 차가 밀려서 늦게 도착한 걸 고객님도 아시지만, 운전 기사에게 화풀이합니다.

한번은 이런 일도 있었습니다. 두세 살쯤 되어 보이는 아기가 엄마와 함께 탔습니다. 아기는 산소 호흡기의 도움을 받으며 숨을 쉬고 있었는데, 어느 순간 아기의 숨소리가 굉장히 불안정하게 들렸습니다. 용인시 기흥구 언남동에서 탑승했고 목적지는 서울 혜화동에 있는 서울대학교 어린이병원이었습니다. 조금 빨리 가 달라는 아기 엄마의 요청도 있고 하여 차량의 속도를 냈습니다. 어느덧 판교를 지나 달래내 고개를 넘으니, 이런~ 차가 꽉 막혀 있습니다. 이대로 거북이걸음으로 가다가는 아기의 생명이 어떻게 될지 장담할 수 없고, 아기 엄마도 전용차로로 갈 수 없냐고 안절부절못합니다. 그럴 때는 저도 등에서 진땀이 납니다. 한시라도 빨리 병원에 도착해야 하는데 전용 차선은 탈 수 없고.

어쩔 수 없이 벌금 낼 걸 각오하고 버스 전용 차선으로 달립니다.

그렇게 해서 예약 시간 10분 전에 병원에 무사히 도착할 수 있었습니다. 만약 제가 전용 차로를 타지 않고 정상적으로 왔다면, 아마도 병원 예약 시간이 최소한 20분은 늦었을 것이고 아기의 생명도 어떻게 되었을지 알 수 없습니다. 이런 경우 제가 법을 어기고 전용 차로를 탔다고 해서 누가 저에게 돌을 던질 수 있겠습니까?

그리고 앞에서 말씀드렸듯이 저희 교통약자 차량은 놀러 다니는 개인 차량이 아닙니다. 공무 수행으로 어렵고 힘든 교통약자 환자분들을 모시고 다니며, 촌각을 다툴 때가 많습니다. 원활한 운행이 되어야 좀 더 많은 고객님의 편의를 도와드릴 수 있지 않겠습니까? 약 100대 1의 경쟁으로 교통약자 차량을 정말 어렵게 이용하시는 고객님들의 마음을 조금이라도 헤아려 주신다면 빠른 시일 내로 교통약자 차량의 고속도로 전용 차선의 통행을 허락하여 주시길, 대한민국의 교통약자 차량을 운행하시는 모든 분을 대표하여 다시 한번 간곡히 요청하는 바입니다. 저는 이제 정년이 얼마 남지 않아 상관이 없을 수도 있습니다만, 앞으로 남아 있는 분들은 서울에 있는 병원에 갈 때, 진땀 내지 않고 편안한 마음으로 전용 차로를 운행할 수 있도록 꼭꼭 부탁드립니다.

두 번째로 부탁드릴 것은 도로 노면에 관한 이야기인데요. 일반 차량을 운전하고 다닐 때는 별로 느끼지 못했는데, 교통약자 차량을 운행하면서 보니 움푹 파인 노면과 높낮이가 다른 맨홀이 너무도 많습니다. 이런 길을 접하게 되면 우리는 아주 곡예 운전을 합니다. 굴곡진 노면이나 맨홀 뚜껑을 피하지 못하고 그냥 밟고 지나면 뒤에 휠체어 타신 고객님은 허리가 부러지십니다. 그뿐만 아니라 널뛰기와 함께 하늘 구경도 하고 내려오십니다. 너무 빨리 달려서 그런 것 아니냐고요? 차라리 시속 80km 이상 달리면 오히려 부드럽지만 서행으로 운행하는 교통약자 차량은 그 충격이 더 큽니다. 그리고 개조한 차량의 뒤쪽에 휠체어와 함께 타고 계시는 고객님에게는 엄청 큰 충격이 전달됩니다. 만약에 그걸 시공하시는 분들의 가족 중에 휠체어를 타시는 장애인이 한 분이라도 계신다면 그렇게 시공을 하지는 않으리라고 봅니다. 포장할 때마다 높이가 달라지겠지만 그건 간단히 해결할 방법이 있습니다. 주물로 맨홀 크기만 한 링을 여러 가지 두께로 제작해서 그때그때 높이에 따라 맞는 두께로 아스콘 포장 두께만큼 맨홀 뚜껑 밑에 받쳐 주면 해결되지 않을까요?

얼마 전에 해결되었지만, 죽전에서 성남 방향 고개 넘어 분당서울대병원 가는 길에 구미초등학교 쪽으로 우회전하면, 약 312m의 길에 횡단보도 포함 10개의 방지 턱이 있는데, 그중에서 두 번째와 다섯 번째 방지 턱이 높낮이가 엄청 심했죠? 휠체어 타신 고객님 모시고 갈 때는 거의 멈추다시피 했다가 아주 조심스럽게 넘어도 까딱 잘못하면 고객님께서는 반응을 보이십니다.

"아야야!"

아마도 이 길을 지나 보신 분들은 비장애인분들도 모두 제 말에 공감하시리라 생각합니다. 몇 년이 지나도록 시정이 안 되는 굴곡 심한 도로도 많이 있습니다. 한두 군데가 아니니 일일이 다 말씀드리기는 어렵습니다. 또한, 많은 사람이 읽어 보는 책에다 구체적으로 장소까지 다 열거해서는 안 될 것으로 생각합니다.

관계자 여러분! 귀하의 아버님, 어머님께서 휠체어에 몸을 실은 채 장애인 차량을 타시고 이 길을 지난다고 생각하시며 도로의 노면에 좀 더 세심한 관심을 기울여 주시길 간곡히 부탁드립니다.

장애인 여러분!

어느 누군가가 말했지요, 인생은 연극 무대와 같다고요. 여러분들이 어쩌다 보니 운명의 연극 무대 위에서 단지 육체적인 장애인 역을 맡은 것이지, 마음까지 장애인은 아니지 않습니까?

그러니 이제는 모든 것 떨쳐 버리고, 마음만은 그 무엇보다도 자유롭게, 저 높은 창공을 훨훨 날아 보아요.

그리고 여러분을 성심으로 응원하는 저와 함께 힘껏 달려 보아요.

2부

신기하고 흥미진진한
나의 어린 시절

그 누구도 쉽게 경험하지 못했을 나의 어린 시절, 참으로 흥미진진했던 과거 속으로 여러분을 초대합니다

 저는 어린 시절에 남들은 경험하지 못했을, 거짓말처럼 신기한 일을 겪어 보았습니다. 저 혼자만 알고, 세상 속에 묻어 버리기엔 너무 기막히게 특별한 삶이었습니다. 저처럼 흥미진진한 인생을 살아 본 사람은 없을 거라고 감히 말씀드리며, 지금부터 저의 어린 시절 이야기를 들려드리겠습니다.

 내가 태어난 곳은 경상북도 영양군 입암면의 '주역'이라는 작은 마을이었다. 마을 앞에는 낙동강 상류의 지류인 작은 강이 흐르고, 강 건너편은 우뚝 솟은 산이 있는데, 산의 한쪽 면은 깎아지른 절벽으로 이루어져, 맹금류들이 살기에는 아주 좋은 환경을 갖추고 있었다.
 마침 그곳엔 부엉이가 살고 있었는데, 어느 날 밤인가 어머니께서 크게 소리치시기에 깜짝 놀라, 온통 잠이 다 깨어 부스스하게 눈을 뜨고 밖으로 나가 보았다. 그러자 부엉이

한 마리가 커다란 날개를 펄럭이며, 우리가 키우던 닭을 한 마리 채어서 날아가고 있었다. 아무리 발을 동동 굴러도 날아가는 부엉이를 어찌할 순 없었다. 그 시절 닭 한 마리면 얼마나 큰 재산이었나. 달걀 하나도 제대로 못 먹던 시절이니 지금과 비하면 돼지 한 마리의 값어치와 맞먹지 않을까 생각한다.

다섯 살의 어린 시절(1963년)

아침밥을 짓고 있는데 옷차림이 남루한 사람이 찾아왔다. 어린 내가 딱 봐도 거지가 분명한 그 사람은 어머님께 밥을 좀 달라고 하신다.

"이런 밥이라도 좀 드릴까요?" 하시면서 어머님이 솥뚜껑을 열어 거지에게 보여 주니, 밥솥의 안을 들여다보던 거지는 밥 달라는 소리를 하지 못하고, 발걸음을 돌려서 그냥 가 버렸다. 내가 다섯 살 때 본 그 광경. 어머님이 지으시는 밥솥 안에는 온통 나물뿐이고, 쌀알은 그저 가물에 콩 나듯 드문드문 보였다. 말이 나물밥이지 이것은 실로 자식들을 굶길 수 없었던 어머님의 처절하고 고귀한 삶의 몸부림이요, 지독한 가난의 현주소였다.

'주역'에서 조금 떨어진 곳에 '신사리'라는 마을이 있는데, 작은할아버지와 종숙부님이 살고 계시는 곳이다. 거리는 그리 멀지 않으나 그곳에 가려면 마음을 단단히 다잡아야 한다. 신사에 가는 경로는 집을 나와 좁은 논둑길을 한 삼십 분쯤 가다가, 산길로 접어들어 '선바위'라는 절벽 길을 지나고, 무릎보다 조금 더 깊은 물을 건너서 논밭 사이로 나 있는 시골길을 얼마쯤 가면 되는데, 문제는 바로 선바위를 지날 때이다.

그곳의 오른쪽은 어마어마하게 높은 절벽 산이고, 왼쪽 역시 낭떠러지 절벽으로 되어 있고, 밑에는 낙동강 지류의 강물이 흐르는 아주 협소한 오솔길이다. 또한, 오른쪽 절벽 산은 길을 따라 동굴 비슷하게 움푹 들어간 곳들이 있는데 당시에 그곳에는 나병 환자들이 살고 있었다. 어린아이들이 지나가면 잡아서 간을 빼내어 먹는다는 말을 들은 적이 있기에 다섯 살의 어린 나로서는 여간한 공포의 장소가 아닐 수 없었다.

아무도 없는 걸 확인하고 막 뛰어가다가 걸음을 멈추고 뒤돌아보다가, 또 걸음아 날 살려라 하고 정신없이 뛰다 보면 가까스로 그곳을 지날 수 있었다. 지금 보면 선바위의 모습이 참으로 멋진 경관을 이루고 있다. 경북 영양군의 8대 비경 중 하나이다.

첩첩산중 외딴곳, 두메산골로

여섯 살이 되던 해의 어느 날 이른 아침, 집 앞에 커다란 바퀴가 두 개 달린 소가 *끄는* 달구지가 도착하였다. 어머니와 아버지는 보잘것없는 세간살이인 우리 집 이삿짐을 소달구지에 실었다. 요즘처럼 TV, 냉장고, 세탁기, 장롱, 에어컨, 선풍기, 가스레인지 등 이런 것들이 전혀 없는 시대였으니 말이 이삿짐이지 그저 이불과 옷 보따리, 수저와 밥그릇 몇 개가 전부였다. 그렇기에 소달구지 위에 이삿짐을 싣고도 형과 나, 여동생이 함께 타고 갈 수 있는 공간이 있었다. 형은 아홉 살, 여동생은 세 살이었다. 달구지를 *끄시*는 억술이 아버님과 우리 부모님은 걸어서 가신 것 같다. 달구지는 비록 비포장 길이지만 한참 동안을 평탄하게 가는가 싶더니, 어느 순간부터 덜컹거림이 심하고, 내 작은 몸은 이리 비틀 저리 비틀, 금방이라도 소달구지 밑으로 굴러떨어질 것만 같은 그런 길을 가고 있었다. 산길로 접어든 것이다. 집 한 채 없는 우거진 산속을 한동안 가다 보니, 통나무로 지은 외딴집 한 채가 눈에 들어왔다.

장장 70리 길을(약 28km) 쉬지 않고 온 달구지는 거기서 멈추었다.

드디어 도착했다, 지금부터 우리가 살 집에. 우리 집은 그리 높지 않은 산의, 중턱보다 조금 아래 자리해 있었고,

얼마 전까지 누군가가 살다 간 듯 그다지 허름해 보이진 않았다. 일자로 구성된 방 두 개 부엌 하나. 지붕은 나무 껍데기로 덮여 있었고, 벽은 통나무를 하나씩 차곡차곡 쌓아서 만들고, 통나무 사이의 빈틈은 황토로 메꿔져 있었다. 방문은 옛날 세종대왕님이 이런 모양의 문을 보시고 한글을 창제하셨다는, 나무 창살에 창호지를 바른 그런 문이고, 문의 아래위에는 문을 지지해 주는 돌쩌귀가, 안팎으로는 쇠로 만든 동그란 문고리가 달려 있었다. 부엌문은 아름드리나무를 얇게 쪼개어서 만든 널빤지를 여러 개 덧대어 만든 문이었다.

집 앞에는 집 크기와 비슷한 약간 경사진 마당도 있었지만, 울타리는 없었다. 아니, 있을 필요가 없다. 우리 집 외에는 아무도 없으니까. 아무리 가까운 동네도 최소 2km 이상은 족히 떨어져 있고, 나중에 안 일이지만 유일하게 우리처럼 외딴곳에 사는 이웃집이 하나 있었다. 바로 뒷산 너머에…. 집 뒤와 옆에는 커다란 밭이 있고, 마당 옆에는 담배를 찌는 황초집이 있었다. 앞산과 집 사이에는 작은 개울이랄까 도랑이랄까, 여하튼 아주 맑은 물이 흐르는 계곡이 있고, 사방 어디를 보나 우리 집 외에 다른 집은 한 채도 없고 아름드리 소나무와 낙엽송과 이름 모를 잡목들이 빽빽하게 들어찬 산으로 둘러싸여 있었다.

나는 새로운 환경에 들떠 있었다. 얼마 전 이곳에서, 얼마나 무서운 일이 벌어졌었는지 아무것도 모른 채. 우리 다섯 식구는 드디어 미지의 산속에서의 첫날밤을 맞이했다. 사방이 산으로 둘러싸여 있다 보니, 해가 늦게 뜨고 일찍 저문다. 해가 채 서산을 넘지 않았는데도 벌써부터 무슨 이름 모를 짐승들의 울음소리가 들려 오기 시작한다. 카~악, 카~악, 생전 처음 들어보는 소리다. 도대체 어떤 동물의 소리일까?

오미골 계곡

캑캑, 꽤액~ 꽤액~ 휘리리리~ 휘릭 휘릭. 어떻게 들으면 귀신 소리 같기도 하고, 어떻게 들으면 도깨비 소리 같기도 하고. 아니! 새소리인가? 별의별 소리가 다 들린다. 정말이지 너무너무 무서워 어찌할 바를 모른다. 32살밖에 안 된 나이의, 아직은 겁이 많고 새댁이었던 어머니는 일찌감치 가족들에게 저녁을 먹이고 모든 문을 단단히 걸어 잠갔다. 바야흐로 어둠이 짙어지자 짐승들의 울음소리는 점점 더 요란해지고, 방 밖 바로 앞에서도 들리는 것 같았다.

그야말로 첫날부터 공포스러운 밤이 시작되었다. 난생처음 들어보는 수많은 짐승의 울음소리는 너무도 무서워 밤새도록 덜덜 떨며 잠을 이룰 수가 없었다. 하물며 호롱불에 어른거리는 가족들의 얼굴조차도 무섭게 느껴진다.

거의 뜬눈으로 비몽사몽간에 밤을 지새우고, 드디어 날이 밝아 오기 시작했다. 아침이 되니 비로소 짐승들의 울음소리도 거의 나지 않았다. 얼마 지나지 않아 이른 아침부터 웬 손님이 찾아왔다. 바로 산 너머 '우 씨' 성을 가진 14살 난 이웃집 총각이 어떻게 알았는지 새로 이사 온 이웃집인 우리 집에 인사를 온 것이다. 총각의 말이 이곳에서 생활하려면 산신령님을 믿어야 한다는 것이다. 신령님을 잘 섬기는 것이 바로 이곳 산중 생활의 법도라고 했다. 산중의 법도라는 것은 추석이나 새해 명절 때나, 곡식을 처음 수확했을 때 사람이 먹기 전에 먼저 산신령님께 제사를 지내야 한

단다. 신령님께 제사 지내는 날은 깨끗이 목욕재계하고, 옷도 새 옷으로 갈아입고 살생을 금해야 하므로 개미 한 마리도 죽여서는 안 된다. 제사는 집에서 얼마 떨어지지 않은 곳에 있는 당나무 앞에서 지낸다. 당나무란 일종의 느티나무 같은 것으로, 요즘도 시골 동네에 가 보면 마을 어귀에서 종종 볼 수 있다.

오미골 당나무

신령님을 믿고 섬기면 모든 것이 평화롭고, 또한 어려운 일이 생기면 산신령님이 도와주실 거고, 그 법도를 지키지 않으면 큰 재앙이 따른다고 했다. 그 피해자가 바로 우리가 이사 오기 전에 이곳에 살던 사람들이었다. 그 사람들이 이곳에서 몇 년 동안 살았는지는 나도 모르는 일이지만, 가장 최근에 그 어떤 곡식을 수확하고 나서 산신령님께 제사를 올리지 않고 그 사람들이 먼저 먹었다고 한다. 이유인즉, 그 집에 갓 스무 살이 넘은 아들이 한 말 때문이었다.

"있기는 뭐가 있다고 그래!"

즉, 산신령이 있기는 뭐가 있냐며 다 미신이니까 앞으로는 제사 지내지 말자고 한 것이다.

그날 밤! 모든 식구가 깊이 잠든 한밤중에, 갑자기 방의 창호지 종이 문이 무엇인가 할퀸 듯 '쫙!' 찢어지더니, 무엇인가가 흙을 방 안으로 확 끼얹더란다. 갑자기 일어난 이 믿지 못할 일에 가족들은 기절초풍하고 그 와중에 열아홉 짜리 딸이 놀라서 죽었다. 무서움과 두려움에 벌벌 떨고 있는 가운데 어느덧 날이 밝아 가족들이 밖으로 나와 보니 세간살이가 마치 폭풍을 만난 듯 마당에 여기저기 흩어져 있더란다.

이 바람에 더 이상 살 수가 없어 그 사람들은 다른 곳으로 이사했고, 바로 그곳에 우리가 들어간 것이다. 이튿날, 우리 가족은 신령님께 우리 이사 왔다고 제사를 드렸다. 모두 각자 나름대로 소원을 빌었다. 나도 마음속으로 소원을 빌었다.

'신령님! 짐승 소리 때문에 너무 무서워요. 무섭지 않게 도와주세요.'

산신령님께 인사를 드리고 돌아오는 발걸음이 한결 가벼워졌다. 두 번째 날 밤이 찾아왔다. 마찬가지로 짐승들이 울어 댔지만, 이상하게도 어제만큼 무섭다는 생각은 들지 않았다. 바로 산신령님이 우리를 지켜 주신다는 믿음 때문인 것 같았다. 짐승 우는 소리는 많이 듣지만, 희한하게도 무서운 짐승이 눈앞에 나타나지는 않는다. 눈에 보이는 것은 모두 사람을 보면 도망가는 순한 동물들이었다.

꿩, 노루, 토끼, 오소리, 담비, 다람쥐, 청설모, 여우 등 주로 이런 것이었다. 하지만 눈에 모습은 보이지 않아도 무서운 짐승들의 발자국은 많이 발견된다. 무서운 동물들이 직접 우리 눈에 보이지 않는 것은 신령님이 우리를 지켜 주고 계시기 때문이라 생각했다.

이곳으로 이사 온 지도 벌써 여러 날이 지났다. 이제는 어둠의 공포는 하나도 없다. 산신령님이 지켜 주시는데 그 무엇이 두려운 것이 있을까. 손전등이 없던 시절, 달빛이 산길을 어렴풋이 비춰 주면 한밤중에도 산 너머 이웃집에 형과 둘이서 놀러 간다. 그곳에서 얼마쯤 놀다가 깜깜한 오솔길로 다시 돌아올 때도, 무서움 같은 건 전혀 느끼지 않고 콧노래까지 부르며 산을 넘어왔다.

집 앞 계곡에는 가재가 참 많다. 낮에 가재를 잡으려면 돌멩이를 일일이 들춰 봐야 하고, 나뭇가지로 낙엽을 들어 올린 뒤 흙탕물 사이로 빠져나오는 걸 잡아야 한다. 하지만, 한밤중에 가재를 잡을 때는 광솔불을 들고 물가에 가면, 돌멩이와 물속에 가라앉아있는 낙엽 속에서 가재들이 불을 보고 벌벌 기어 나온다. 싸리나무로 만든 자그마한 광주리에 그저 주워 담기만 하면 된다. '광솔불'이란 죽은 소나무, 가지가 벌어진 곳(옹이 부분)에 불을 붙인 걸 의미한다. 가지가 벌어진 곳은 송진이 많기 때문에 불이 잘 붙고 오래 간다.

산에는 밤, 개복숭아, 돌배, 머루, 다래, 깨금(개암) 등, 구멍가게 하나 없는 첩첩산중이지만 사방에는 먹을 것이 지천이다. 오직 우리 집밖에 없으니 우리가 따 먹지 않으면 먹을 사람도 없다. 절반쯤 빨갛게 익은 개복숭아를 한입 깨물면, 아! 입안 가득 전해 오는 달콤하고 새콤한 그 오묘한 맛! 정말 무어라 표현할 길이 없다. 돌배는 껍질째 먹어도 달달한 물이 입가로 새어 나오고, 머루는 검게, 다래는 말랑말랑한 것이 잘 익은 것인데, 먹어 보지 않고는 그 맛을 가히 짐작할 수가 없다. 나무에 귀여운 모습으로 앙증맞게 매달린 개암을 하나 따서 까 먹어 보면, 약간 단단한 것이

씹는 식감도 좋지만, 씹는 순간 느껴지는 그 고소하고 신비한 맛! 생각만 해도, 지금도 입가에 침이 고인다.

봄이 오면 집 앞 계곡 옆에서는 수국이 활짝 피어 나를 반겨 준다. 그 모습이 어찌나 탐스럽고 예쁜지, 마치 하늘에서 천사가 내려와 있는 듯하다. 50여 년이 지난 지금도 그 자리에 있을지. 지금은 얼마나 많이 자랐을까? 무척 궁금하고, 보고 싶다.

우리 집 마당은 작은 동물들의 놀이터였다. 꾀꼬리도 찾아오고, 소쩍새도 놀다 가고, 다람쥐는 제집처럼 드나들고, 가끔은 뱀이나 산토끼도 찾아온다. 아니! 다람쥐와 뱀은 아예 우리 집에서 같이 산다. 부엌 뒤쪽에 다람쥐 굴이 있는데 늦가을에 그곳을 파 보았더니 밤이 엄청나게 많이 저장되어 있었다. 방문 앞 처마 밑 쥐 굴속에는 무엇인가 반들반들 윤이 나는 것이 살고 있었는데, 얼마 지나지 않아 굴속에서 살모사 새끼가 한 마리씩 나오는 것이었다. 한 열 마리쯤 나왔던 것으로 기억한다. 굴속에서 반들반들 윤이 났던 것은 바로 살모사 어미였던 것이다. 그러나 살모사는 새끼를 낳고 나면 어미는 죽는다고 한다. 새끼가 어미의 살갗을 뚫고 나오기 때문이란다.

아버지 어머님은 화전을 일구며, 농사를 지으시기가 무척 힘이 드셨겠지만 여섯 살 어린 나에게는 지상낙원이 따로 없었다. 부모님은 가끔 생필품을 구입하러 50리 정도 떨어진 '석보장'에 가신다. 산길로 걸어 다니셔야 하기 때문에 대부분 1박 2일로 다녀오신다. 어쩌다 당일치기로 다녀오실 때는, 아직 어둠이 채 가시지 않은 새벽에 떠나셨다가 깜깜한 한밤중에 돌아오신다. 가실 때는 장에다 내다 팔기 위해, 농산물이나 담뱃잎 말린 걸 등에 짊어지고 가시고, 오실 때는 생필품이나 보리쌀을 사서 지고 오셔야 하니, 얼마나 힘이 드셨을까. 그러나 그때는 내 나이가 너무 어려서, 그런 생각을 전혀 해 보지 못했다.

어느 날인가 아버지 어머니는 장에 가시고 안 계신데 앞산 먼 곳에서 하얀 연기가 보이기 시작했다. 낮에는 조금 보이던 연기가 저녁때가 되니 어느새 시커먼 색으로 보이더니 밤이 되자 빨간 불길도 보이기 시작했다. 이 첩첩산중에 무엇 때문인지 산불이 난 것이다. 형, 나, 여동생, 우리 삼 남매는 처마 끝에 앉아서 구경만 하고 있는데, 아버님과 어머님이 장에 갔다가 돌아오셨다. 얼마 지나지 않아, 온 산은 불길 속에 뒤덮여 사방이 대낮같이 밝고, 따닥, 따다닥, 생나무 타는 소리가 요란하게 울렸다. 아버지는 집 주위에다 불을 질렀다. 맞불을 놓으신 것이다. 아버지는 참 지혜로우신 것 같았다. 하긴, 6·25 때 인민군들에게 포로로 잡혀가서도 적진을 탈출해 나오신 분이다. 산불이 났을 때, 불이 저쪽에서 이쪽으로 붙어올 때는 폭풍처럼 닦아 오지만, 이쪽에서 저쪽으로 타들어 갈 때는 미풍의 돛단배처럼 아주 부드럽게 타들어 간다는 것을 그때 알았다. 맞불로 우리 집 주위를 모두 태워 버렸더니 온 산이 불길 속에 휩싸였지만 우리 집은 무사했다. 물론 산신령님께서 보호해 주셨는지도 모른다. 그럭저럭 산중 생활도 일 년여가 지난 어느 여름날. 집 앞산의 화전에 감자를 심어 놓은 것이 어떻게 되었나 싶어, 아버지와 함께 건너가 보았다. 감자를 캘 때가 되었는지 보기 위함이다. 이삼일 후에 캐기로 하고 돌아서는데, 감자밭 가장자리에 심어 놓은 옥수수나무에서 옥수수가 하나 부러져 있는 것이 보였다. 그냥 두면 딱딱하게 말라 버릴 테니까 따 가지고 돌아와서 황초집(담배 건조장) 화구 옆에 놓아두었다. 그런데 하루가 지나니 좀 시들어 있었다. 계속 놓아두면 많이 시들어 못 먹게 될 것 같아서 아까운 생각에 그걸 구워서 아버지와 내가 나누어 먹었다. 아차! 아버지와 나는 그만 큰 죄를 저지르고 말았다. 어떤 곡식이든 처음 나오는 것은 사람이 먹기 전에 먼저 신령님께 제사를 드려야 하는데, 아버지와 나는 그걸 어겼다. 다음날 감자를 조금 캔 뒤 삶아서, 산신령님께 제사를 지내러 나와 형, 이렇게 둘이서만 갔다. 아버지는 죄인이라서 가실 수 없다고 하셨다. 아버지와 내가 똑같이 죄를 지었지만 나는 어리니까 신령님이 용서해 주시리라 생각했다.

"신령님! 아버지와 제가 옥수수를 먼저 먹어서 잘못했습니다. 부디 용서해 주세요."

나는 진심으로 두 손을 싹싹 빌었다. 다음날. 서서히 여명이 밝아 오는 새벽이었는데 아버지가 앞산 밭을 향하여 큰소리를 지르고 계셨다. 너무나 큰 소리에 깜짝 놀라 잠이 깨어 앞산을 보니 커다란 산돼지 한 마리가, 아직 캐지 않은 감자밭을 마구 파헤치고 있었다. 산짐승이 그렇게 많아도 지금까지 농작물에 대한 피해는 한 번도 없었는데 갑자기 이런 일이 벌어지다니. 아마도 옥수수를 먼저 먹어서 산신령님께서 노하신 것 같다.

또다시 하루가 지나고 아버지는 꿈속에서 산신령님을 만나셨다고 한다.

아버지는 신령님께, "옥수수를 먼저 먹어서 잘못했습니다. 부디 용서하시고, 소원 하나만 들어주십시오." 하셨더니 신령님 말씀이, "그래! 네 소원이 무엇이냐?"

"감자밭에 산돼지 좀 나타나지 않게 해 주십시오."

그 이후로 신기하게도 두 번 다시 산짐승에 의한 농작물 피해는 없었다.

어느덧 또, 한 해가 흘러 내 나이 여덟 살. 초등학교에 입학하게 되었다. 학교에 가는 코스는, 먼저 산을 하나 넘어 이웃집 형네 집에 들러서 나와 우리 형과 산 너머 이웃집 형과 셋이서 함께 학교에 가는데, 산을 세 개 정도 더 넘으면 산꼭대기에 학교가 있다. 집에서 학교까지의 거리는

4km가 채 안 되지만 길도 길 같지도 않은 산길이고 나이가 어리다 보니, 새벽에 집을 나서도 학교에 도착하면 거의 지각 직전이다. 학교를 오가는 길에는 뱀도 많고, 산딸기나 개암 같은 먹을거리도 많다. 콧노래를 부르며 산길을 걸어오다가, 발밑이 미끈해서 보면 뱀이 밟혔다. 흔히 있는 일이라 놀라지도 않는다. 때로는 뱀도 나의 장난감이 된다. 독사나 살모사는 안 되지만, 율무기나 밀뱀은 독이 없어서 괜찮다. 어떤 때는 주머니에 넣고 놀다가, 깜빡 잊고 집에 왔는데 뱀이 주머니에서 나와서 방안을 돌아다닌다. 그걸 본 어머니께서는 기겁하신다. 우리 형은 나보다 세 살 위이지만 2학년이고, 산 너머 이웃집의 형은 16살이지만 역시 2학년이다. 학교가 생긴 지 얼마 안 된 건지, 2학년을 몇 년째 다닌 것인지는 잘 모르겠다.

우리가 다니는 학교는 석보국민학교의 산골 마을 분교인데, 바로 이름하여 '요원분교'이다. 교실은 두 개이고 1학년과 2학년 교실이 각각 한 개씩 있다. 선생님은 두 분 계시고 학생 수는 1, 2학년 합해서 14명 정도이다. 학교가 산 꼭대기에 있다 보니 운동장도 비탈이다. 친구들끼리 축구를 하다가 공을 잡지 못하면, 공이 산 밑까지 데굴데굴 굴러간다. 교실 지붕은 초가지붕이었다. 안은 흙바닥이었으며 바닥에 깔린 가마니 위에서 양반다리를 하고 앉아서 책상과 의자 하나 없이 선생님 말씀을 들으며 공부했다. 다행히도 교실 앞에 칠판은 하나 걸려 있었다. 3학년부터는 약 30리 떨어진 '석보국민학교'에 다녀야 하고 운동회 할 때도 그곳으로 가서 한다. 1학년 가을 운동회 때 그곳에 가 보니 완전 대도시에 온 기분이었고, 학교도 엄청 커 보였다.

그러다가 1학년도 어느덧 막바지에 접어들 무렵, 여느 때와 다름없이 형과 나는 산 넘어 우 씨 형 집에 들러 "형, 학교 가!" 하고 소리쳤다. 우 씨 형이 나오더니 형은 오늘 좀 일이 있어. 조금 늦게 갈 거니까 우리 먼저 가라고 했다. 할 수 없이 형하고 나는 둘이서만 학교에 갔는데, 수업이 다 끝날 때까지 우 씨 형은 오지 않았다. 집으로 돌아오는 길에 그 형 집에 들러서 왜 학교에 오지 않았느냐고 물었더니, 사실은 우리보다 조금 늦게 혼자서 학교로 가는 산길에 들어섰는데, 갑자기 살쾡이 한 마리가 길을 가로막더란다. 아무리 비켜 가려 해도 자꾸만 앞을 가로막아서 도저히 학교에 가지 못하고 도로 집으로 왔단다. 생전 이런 일이 없었는데 이상하다 싶어, "형! 왜 살쾡이가 형 앞을 가로막고 학교에 못 가게 하였을까?" 하고 물으니, 사실은 어제 콩을 수확하다가 보니 콩 더미 위에 개구리가 한 마리 앉아 있기에 무심코 막대기로 후려쳤는데, 아뿔싸! 개구리가 죽었단다. 곡식을 처음 수확하는 날은 살생하면 안 되는데, 그 형은 그만 산신령님께 큰 죄를 저지르고 말았다. 그렇게 콩을 수확하고 저녁에 당나무 앞에 가서 신령님께 제사를 지내려고 하는데, 제단 앞에 큰 구렁이가 누워 있어서 제사도 간신히 지냈다고 한다. 산신령님께서 크게 노하신 것이다. 그래서 학교 가는 길에, 생전 안 보이던 살쾡이가 나타나서 앞을 가로막고 학교에 못 가게 만든 것 같다.

그다음 날도 이상하게도 우리 먼저 학교 가고 그 형은 나중에 오는데, 역시나 살쾡이가 나타났는지 학교에 오지 않았다. 결국, 그 형은 국민학교 2학년 중퇴로 학업을 마쳤다. 나는 이곳에서 산신령님이 계신다는 것을 분명하게 겪었다. 우리보다 먼저 살던 사람들은 곡식을 거두어들인 날, 산신령님께 제사를 지내지 않아서 19살 난 딸을 잃고 더 이상 이곳에 살 수가 없어 다른 곳으로 이사 갔고, 우리는 옥수수를 먼저 먹은 죄로 산돼지에게 감자밭이 파헤쳐지는 피해를 봤고, 산 너머 이웃집 총각은 콩을 수확하는 날, 즉 산신령님께 제사를 지내는 날인데 그 콩 더미 위에 있던 개구리를 죽여 살생하는 바람에 학교를 더 이상 다니지 못하게 되었다. 거짓말 같겠지만, 이것은 모두 실화다. 산중 생활이 고달파서였던지, 내가 1학년이 끝나가는 늦가을의 어느 날 아버지는 또 이삿짐을 꾸리신다. 정들었던 산중 생활을 뒤로하고, 우리 집 다섯 식구는 각자 보따리 짐을 지고 산길을 걷기 시작한다. 지금은 풍력 발전기로 유명한 '맹동산' 정상에 다다랐다.

"우와!"

눈 앞에 펼쳐진 광경은 어린 나를 또다시 흥분의 도가니
로 몰아넣었다.

"세상에! 물이 어쩌면 저렇게도 많을까?"

내가 생전 처음 본 그것은 바로 저 멀리 보이는 '동해'였
다. 맹동산 정상을 뒤로하고 산 아래로 내려가니, 큰 동네
와 자동차 길도 있었다. 참으로 오랜만에 보는 광경이었다.
그도 그럴 것이, 우리 집 하나밖에 없는 첩첩산중에 살다
가, 이렇게 많은 집과 자동차를 보는 것이 도대체 몇 년 만
이란 말인가.

바닷가에서 파도를 타고

　그곳에서 버스를 타고 얼마쯤 가서 다시 정착한 곳은 '경상북도 울진군 평해면 후포리' 바로, 바닷가 동네이다. 후포에 있는 '삼율초등학교'에서 형은 3학년을 다니고 나는 2학년을 다녔다. 아버지는 배를 타고 고기 잡으러 가시고, 어머님은 부둣가에 나가서 어부들이 잡아 온 각종 고기의 배를 따 주고 돈을 받는 품팔이 일을 하셨다. 집에는 여섯 살짜리 여동생과 아홉 살짜리 내가 있고 열두 살의 형이 있었지만, 그 시절 부모님들은 하루하루 먹고살기에 바빠 어린아이들이 집에서 어떻게 지내는지 신경 쓸 여력이 없으셨다. 동생은 어떻게 놀았는지 생각이 안 난다. 아마도 어머님이 데리고 다니셨을지도 모른다.

　어쨌든 학교가 끝나면 형은 형대로 놀고 나도 친구들과 어울려 놀았는데, 동네에 있는 큰 감나무에 올라가 아직은 덜 익어서 떫은맛이 많이 나는 감을 따 먹기도 하고, 동네 조금 안쪽에 있는 폐광 굴속을 들락날락하며 놀기도 하였다. 그러나 뭐니 뭐니 해도 제일 재미있는 곳은 바다였기 때문에 주된 놀이터는 바닷가 백사장이었다. 바닷가에는 별의별 풍경들이 다 있었다. 아주머니들이 4~5명 모래 사장에 둘러앉아 그 당시 남진의 히트곡이었던 「가슴 아프게」를 손뼉을 치며 부르는 모습도 볼 수 있었고, 어떤 때는 어른들이 바다에 둥그렇게 그물을 가로질러 양쪽에서 잡아당겨 고기를 잡을 때, 그물을 당기는 걸 도와주면 잡은 고기를 나누어 주기도 했다. 하지만 우리는 주로 수영을 하며 조개를 잡고 놀았다. 그런데 맑은 날보다는 흐리고 바람 부는 날이 더 재미있다. 맑은 날은 파도가 잔잔하지만, 흐린 날은 파도가 거칠고 하얀 물보라를 일으키며 휘몰아친다.

그때 파도에 내 몸을 맡기면 파도가 알아서 나를 물속으로 '쫙' 끌어당겼다가 한 바퀴 휙 돌리고 다시 백사장 쪽으로 확 밀어준다. 아! 이 짜릿한 기분. 뭐라고 표현해야 할까? 그때 당시에는 어린 마음에도 스릴을 느끼고 한 짓인지는 모르지만, 이제 겨우 아홉 살짜리 꼬마들이 큰 파도에 휩쓸리며 놀았다는 것은, 지금 생각하면 여간 위험천만한 일이 아닐 수 없다. 그러나 소용돌이 속에서는 허우적대지 말고, 물이 하는 대로 가만히 몸을 맡기면 제자리로 돌려준다는 것도 깨달았다. 아홉 살 때 이미 수영을 할 줄 알았기에, 훗날 20대 초반에 화진포 해수욕장에서 위기에 처한 적이 있었지만 어린 시절 배운 수영 실력으로 살아난 적도 있었다.

놀다가 배가 고프면 얼마 떨어지지 않은 부둣가로 가 본다. 어른들이 그물에 끼어 있는 꽁치를 열심히 빼고 있는 옆에 가서, 나도 슬쩍 두 마리를 빼다가 엿장수 아저씨께 갖다 드리면 엿을 1원어치 주신다. 넓은 엿판에서 삼각형으로 조금 떼어 주시는 엿 한 조각, 진짜 꿀맛이다.

'후포항'은 엄청나게 커 보였다. 화물선인지 고기잡이배인지, 크고 멋진 배들과 손바닥만 한 작은 배들이 헤아릴 수 없을 정도로 많았다. 부둣가에서는 찢어진 그물을 꿰매는 사람들, 그물에서 고기를 빼는 사람들, 리어카에 상자나 무슨 물건들을 잔뜩 싣고 바쁘게 움직이는 사람들로 활기가 넘쳤다. 2학년 여름방학 때, 생전 처음으로 장사를 해 보았다. 형이 장사하는 아이스께끼 공장에 가서 사장님께 나도 장사를 하겠다고 하니, 사장님께서 물끄러미 나를 보시더니 싱긋 웃으시며 내 몸뚱이만큼 크고 파란색이 칠해진 어깨끈이 있는 작은 나무상자 속에 아이스께끼 열 개를 담아 주셨다.

"다 팔면 10원인데, 4원은 너 가지고 6원만 가져오면 된다. 알았지?"

보기엔 아주 쉬울 것 같고 신이 났다.

"야! 이것만 팔면 거금 4원이 남는구나!"

아홉 살짜리가 메고 다니기엔 좀 무거웠지만, 4원이 남는다는 생각에 흥에 겨워 신이 나서 휘파람을 불며 공장을 나왔다.

"아이~스께~끼!"

"아이~스께끼 사려!"

소리를 질러 보았지만 사람들은 사지 않았다. 그런데 아이스께끼가 자꾸만 먹고 싶어졌다.

"에라, 하나 먹자! 3원만 남기면 되지, 뭐."

파란 아이스께끼 나무통은 깔고 앉아 쉬기에도 안성맞춤이었다. 일단 한 개를 꺼내어 먹었다. 그냥 물에다 색소와 달콤한 사카린를 타서, 가운데에 막대기를 꽂고 원통형 틀에다가 얼린 얼음인데, 정말 맛이 기가 막혔다.

우여곡절 끝에 네 개를 팔았다. 그러나 시간이 많이 흐르다 보니 아이스께끼도 슬슬 녹아내리기 시작했다. 이때 어디선가 들리는 반가운 목소리.

"야, 꼬마야! 아이스께끼 가지고 와 봐!"

바로 건너편에서 웬 아주머니가 부르고 있었다.

"네!"

나는 빛의 속도로 한달음에 달려가 나무통에서 아이스께끼를 꺼내 드렸다.

"야! 다 녹았잖아. 안 사!"

두 다리에 힘이 쫙 풀렸다. 남는 건 고사하고 본전을 하려면 두 개는 더 팔아야 하는데, 이미 녹아내리기 시작한 아이스께끼를 사 주는 사람은 아무도 없었다. 어차피 팔지 못하는 거. 통을 깔고 앉아 다 먹어 치웠다. 본전은 못 했지만 맛은 있었다.

"이제 어떻게 해야 하나? 본전에서 2원이 모자라는데…."

어린 마음에도 무척이나 걱정을 많이 했지만 별 뾰족한 수는 없었다. 일단은 공장으로 돌아왔다. 사람들이 다른 일에 열중하고 있는 사이 통 위에 4원을 올려놓고, 줄행랑을 쳐 집으로 도망 왔다.

내 생전 이렇게도 가슴이 콩닥콩닥 뛰었던 적이 있었을까? 진정되지 않는 가슴을 달래고 있는데, 장사를 끝낸 형이 집으로 돌아와서

"네가 4원만 놓고 가서 내가 2원 물어 주고 왔다."라고 말했다.

생전 처음으로 해 본 장사인데, 이윤은 남기지 못할지언정 형에게 피해만 주었다. 예나 지금이나 형은 나에게 항상 든든한 버팀목이 되어 준다. 나는 형이 있어 너무나 행복하다. 해가 바뀌어 3학년 초 3월에 우리는 또다시 이사 준비를 하였다.

시골 사람들이 동경하는 서울 근처, 경기도 용인으로

　아직 날이 밝지 않아 밖은 어둠에 싸여있는데, 어머님이 급히 우리 삼 남매를 깨우셨다. 이사를 한다는 것이다. 아버지는 이미 며칠 전에 용인으로 가셨다. 나머지 네 식구는 잠이 덜 깬 눈을 비비며 집을 나와 큰길가에서 영덕으로 가는 첫차를 기다렸다. 영덕에 도착해서는 또 안동 가는 버스로 갈아타야 했다. 안동행 버스를 기다리는 동안 터미널에서 잠시 대기하는데, 어떤 아주머니가 사과를 팔고 있었다.

　"능금 사이소, 능금 사이소."

　망으로 된 작은 자루에 사과를 다섯 개씩 넣어서 팔고 있었는데, 너무나 먹고 싶었지만 어머님이 돈이 없다는 걸 알고 있기에 침만 꼴깍꼴깍 삼키며, 남들이 사 먹는 모습을 부럽게 바라보았다. 영덕에서 드디어 버스가 출발하였다. 그 시절 도로는 거의 다 비포장이었기에 버스는 덜컹거리고, 속도도 낼 수가 없었다. 안동에 도착하니 저녁때가 되었다. 우리는 어느 친척 집에서 하룻밤을 지냈는데, 아마도 외삼촌 댁이 아니었나 싶다.

다음날 안동역에서 출발하는 기차를 탔다. 기차를 보고, 직접 타 보는 것도 태어나서 처음이었다. 시간은 흘러 어느 덧 서울에 도착하니 저녁때가 지나고, 거리에는 벌써 어둠이 물들기 시작했다. 서울역에는 큰아버지께서 우리를 마중 나와 계셨다. 생전 처음 나의 눈에 비친 서울은 그야말로 '신세계'였다. 마치, '아라비안나이트'의 동화 속으로 들어온 기분이었다. 차도 너무 많고, 도로 한가운데는 레일이 깔려 있고, 그 위로는 불을 번쩍번쩍하며 전차가 지나가고, 눈에 비치는 온 천지가 전깃불투성이였다. 큰아버지께서 우리에게 저녁을 사 주시기 위해 식당으로 들어갔다. 우리는 당연히 메뉴를 전혀 알 턱이 없고, 큰아버지께서 나름대로 주문을 하셨는데 설렁탕을 주문하신 것이다. 음식에 고기가 들어 있는 것을 본 어머님이 큰아버지께 말씀드렸다.

"얘들은 네발 달린 고기를 먹지 못합니다. 먹으면 두드러기가 돋습니다."

그때 우리 형편은 너무나도 가난하여 고기를 먹어 보지 못했다. 우리 몸이 고기를 접해 보지 않았기 때문에 적응이 되지 않아, 네발 달린 고기를 먹으면 거부반응으로 두드러기가 돋는다. 단, 두 발 달린 고기는 먹어도 이상이 없다. 닭고기와 꿩고기와 오리고기만 해당한다. 하는 수 없이 설렁탕은 무르고 다시 냉면을 주문하여 나왔다. 냉면에는 고기를 넣지 않았다. '뭐가 이런 음식이 있나?' 속으로만 중

얼거렸다. 생전 처음 먹어 보는 냉면은 질기기만 하고 맛도 없었다. 드디어 용인에 도착하였다. 캄캄한 밤중이었다. 요즘 같으면 후포에서 용인까지 자가용으로 다섯 시간 정도면 올 텐데, 그때는 꽉 찬 이틀이 걸렸다.

3부

각본 없는 드라마 같은
초등학교 생활

모든 것이 낯설기만 한 용인으로 이사 온 후 처음으로 등 교를 하였다. 선생님께서 새로 전학 왔으니 인사를 하라고 하여 친구들에게 나는 경상도에서 왔다고 말했더니 친구들 이 깔깔대고 웃으며 날 보고 노래 한번 해 보라고 했다. 나는 친구들이 왜 웃는지 이유도 모른 채 노래를 한가락 했 다. 후포 살 때 친구들과 깡통 하나 들고 어울려 다니며 주 로 부르던 노래였다.

"깡통 줄게 밥 얻어와~라, 거지 왕자 굶어 죽겠다. 닷새 동안 굶었더니 배때기가 오징어 배때기."

노래를 끝마쳤는데 친구들이 또다시 깔깔대며 웃었다. 그 당시에는 웃는 이유를 몰랐는데 지금은 알 수 있을 것 같다. 아마도 내가 경상도 사투리를 쓰니 그게 재미있었던 모양이다. 내가 쓰는 사투리 때문에 쉬는 시간만 되면 친구 들은 내 곁으로 몰려와 말을 걸었다. 시간이 지나면서, 전 교에서 우리 반이 어떤 반인지 조금씩 알게 되었다. 내가 속해 있는 3학년 5반은 전교에서 최고 말썽꾸러기 반이고, 시험 성적도 전교 꼴찌였다. 여교사인 '최○○' 선생님은 매일같이 우리를 의자 들고 벌서게 하고, 교실 한쪽에 엎 드려 울고 계셨다. 3학년이 끝날 때까지도, 우리 반은 전교 꼴찌를 면치 못했다. 그 시절 용인초등학교는 1학년부터 6

학년 졸업 때까지 반이 바뀌지 않았다. 1학년 때 5반이 6학년 때까지도 5반이었다. 4학년 때는 '임○○' 선생님이 담임을 맡으셨는데, 불과 몇 개월 만에 학교를 그만두시는 바람에 우리는 망망대해에 선장 없이 표류하는 배와 다를 게 없었다. 안 그래도 꼴찌 반이었는데 사태가 어땠는지는 두말할 필요도 없을 것 같다. 우리끼리 자습하는 날이 태반이었고, 가끔 다른 반 선생님들이 돌아가며 한 시간씩 공부를 가르치러 오시기도 하고, 때로는 교장 선생님과 교감 선생님도 번갈아 가며 우리를 가르치셨다.

점점 엉망진창이 되어 가던 우리 반. 학급 속엔 질서도 없고, 호랑이가 없으면 여우가 왕 노릇을 하듯이 힘센 학생하나가 '왕' 노릇을 하며, 힘없는 아이들을 못살게 굴었다. 그러다 보니 그 밑에서 간신처럼 아부하는 놈도 있었는데, 왕 노릇을 하는 놈보다 그놈이 더 얄미웠다.

5학년 때 담임선생님은 남자 '김○○' 선생님. 여러모로 열심히 가르치셨지만, 여전히 우리 반은 전교 꼴찌인 채로 6학년에 올라갔다. 담임으로는 이제 갓 26세를 넘긴 여선생님, '심○○' 선생님이 오셨다. 미니스커트를 입고, 한창 멋을 부릴 나이였다. 우리는 새로 부임하신 여 선생님을 엄청 깔보았다. 선생님을 골탕 먹이고 울리기 위해 선생님 말씀하시는데도 떠들고 귀를 기울이지 않았다. 다른 선생님들 같으면 울거나 속상해하셔야 하는 상황인데도 선생님은 전혀 요동이 없으셨다. 선생님은 우리 반 담임을 명받으시고 이미 모든 걸 각오하고 오신 듯했다.

'전교 꼴등, 전교 최고 말썽 반'

'몇 년이 지나도록, 이미 돌이킬 수 없이 낙인이 찍혀 버린 6학년 5반'

첫날부터 삼 일 동안, 선생님은 우리에게 공부를 가르치지 않았다. 아직 땅속의 얼음이 채 녹지 않은 교실 뒤쪽 그늘진 곳에 모두 집합하여 토끼 뜀뛰기, 엎드려뻗쳐, 귀 잡고 오리걸음 등 기합을 주기 시작했다. 지금까지 이렇게 벌을 받아 본 적은 없었는데…. 힘이 들어 죽을 것만 같았다. 그러나 이것은 앞으로의 6학년 학교생활이 어떻게 전개가 될지 예고편에 불과했다.

우리가 아무리 힘들어해도, 어떤 아이는 울고불고하는데도 표정 하나 흐트러지지 않는 선생님의 냉정한 모습에 우리는 서서히 공포를 느끼기 시작했다. 삼 일간 공부는 하나도 하지 않고 아침부터 저녁까지 온종일 벌만 받아 온 우리는 4일째부터는 예전의 우리가 아니었다. 선생님의 그림자만 봐도 공포를 느꼈고 누가 먼저랄 것도 없이 학교에만 오면 모두 책상 위에 책을 펴 놓고 공부하였다. 아침 조회 때도 옛날 같으면 제일 늦게 운동장에서 줄을 섰을 텐데 이제는 무조건 1등으로 줄을 선다. 4일 후부터 우리 선생님은 본격적으로 공부를 가르치셨다. 원래 등교 시간이 8시 40

분이었던 것으로 기억하는데, 우리는 7시 30분까지는 교실에 도착해야 했다. 집에서 나올 때는 뜨거운 밥을 빨리 먹기 위해 찬물에 밥숟가락을 얼른 담갔다가 꺼내어 먹었다. 오후에도 집에 가는 시간이 정해져 있지 않다. 어두워서 글씨가 보이지 않으면 그게 바로 집에 가는 시간이다. 교실에서는 시험 기간이 따로 없다. 우리 반 자체로만 수시로 시험을 본다. 두 달 후, 마침내 전교 반 평균을 내는 시험이 있었다. 전교 최고 말썽꾸러기 반, 시험 성적 만년 꼴찌 반인 6학년 5반.

전교 반 평균 시험 성적은 과연 어떻게 되었을까?

모두가 궁금해하는 가운데 드디어 발표되었다.

"1등이다!"

생전 처음 느껴 보는 1등의 쾌감. 모두가 손가락질하던 5반에 이런 기적이 일어날 줄이야. 말썽꾸러기 반과 만년 꼴찌 반이란 수식어는 이제 떨쳐 버리자. 지도자 한 사람의 조율이 이렇게도 세상을 바꾸어 놓을 줄 아무도 몰랐을 것이다.

우리는 여름방학에도 학교에 나갔다. 지금 기억으로 고작 일주일 정도만 집에서 쉬었던 것 같다. 공부를 얼마나 열심히 했는지 그때 당시 우리 반이 68명 정도였던 것 같은데, 그중에서 100점짜리가 45명이나 나온 적도 있었다. 나머지 23명도 한두 문제가 틀렸으니 결코 점수가 낮은 것이 아니었다. 시험 점수가 만족하게 나오면 그다음 시간은 수업하지 않고 옛날이야기를 해 주신다. 어렸을 땐 옛날이야기보다 더 재미있는 것이 어디 있었겠는가? 지금도 그때 선생님이 들려주시던 옛날이야기를 떠올리면 입가에 웃음이 맴돈다. '매드매드 대소동', '윤복이의 저 하늘에도 슬픔이', '호랑이와 도깨비 이야기' 등등 너무 많아서 일일이 다 나열할 수가 없다. 그 후, 졸업할 때까지 우리는 한 번도 전교 1등을 놓치지 않았고, 전교의 최고 모범 반으로 자리매김하게 되었다.

"선생님! 우리를 이렇게 훌륭히 키워 주셔서 정말 감사합니다!"

6학년 담임을 맡으시고 이토록 우리를 훌륭하게 가르쳐 주신 심 선생님은 지금도 가끔 뵙고 있다. 아! 작년에 친구들이 환갑을 맞이하였는데, 바로 심 선생님께서 제자들 환갑을 마련하여 주셨다. 교장 선생님으로 정년 퇴임하신 후에도 현재, 요양원을 여기저기 정기적으로 다니시며 색소폰 연주를 하시며 어르신들께 즐거움을 봉사하고 계신다.

선생님! 부디 건강하게 오래오래 사세요. 이 부족한 제자의 진심 어린 염원입니다.

심 선생님께서 마련하여주신 우리들의 환갑잔치

심 선생님의 색소폰 연주 모습

4부

중국에서 있었던
재미있고 무서운 이야기들

저는 10년 동안 중국 생활을 하였습니다. 2002년 7월에 갔다가 2011년 11월에 돌아왔습니다. 저의 원래 직업은 이미테이션 주얼리(목걸이, 귀걸이, 팔찌, 발찌, 반지 등 액세서리)를 만드는 생산기술자였습니다. 중국에 처음 가니 낯설고 물 설고, 말 한마디 안 통하여 답답했지요. 그뿐만 아니라 고국을 떠나 홀로 생활해야 하는 외로움, 한국에 있는 가족과 친구들에 대한 그리움이 컸습니다. 처음 한 달간은 새로운 환경에 접하여 신비로움에 취해 그럭저럭 견딜 수 있었지만, 두 달째 접어드니 괜히 왔다는 후회가 참으로 막심하더군요. 그러나 가족을 먹여 살려야 하는 가장의 책임을 뼈저리게 느끼며 허구한 날 퇴근 후의 텅 빈 숙소에서 홀로 울며 통곡하던 때가 한두 번이 아니었습니다. 내가 그런 만큼 한국에 있는 아내와 두 아들도 똑같은 고통을 느꼈으리라 생각합니다. 큰아들이, 아빠가 얼마나 그리웠으면 몇 개월 만에 한국에 나온 아빠를 어디를 가든지 그렇게도 졸졸 따라다녔을까요. 아빠가 친구를 만날 때도 따라다녔고, 강원도 깊은 산중에 산나물을 뜯으러 갈 때도 따라다녔습니다. 아빠가 이렇게도 소중한 줄 예전에는 미처 몰랐다네요. 그런 와중에 큰아들 학교 성적도 쑥쑥 올라갔답니다. 아들이 아빠가 외국에서 고생하시는데 자기도 열심히 공부해야

겠다는 말을 했다고 집사람이 알려주더군요. 중국에는 크게 조선족과 한족이 있습니다. 조선족은 한국인의 후예이며 한국말과 중국말을 다 할 줄 압니다. 그에 반해 한족은 한국말은 모르는 오리지널 중국인입니다. 저는 중국에서 중국어를 독학으로 열심히 공부했습니다. 처음에 중국어를 한마디도 할 수 없었던 제가 불과 3개월 만에 회사에서 일하는 공인 아이들과 웬만한 소통은 할 수 있게 되었습니다. 거기에는 결정적인 계기가 두 가지 있었지요.

하나는, 어느 날 현장에서 야근하는데 조선족 과장이 하는 말이 한족 반장이 하는 말과 다르다는 것을 느낌으로 알았습니다. 왠지 조선족 과장은 자기가 유리한 쪽으로 말을 하는 것 같았습니다. 그래서 깨달았습니다. 아하! 내가 이래서는 안 되겠구나. 공인이 천 명이나 되는 한 회사의 총책임자로서 한낱 통역이 하는 말만 믿고 일을 실행할 수는 없다. 통역 없이 내가 직접 한족 관리자들과 대화를 할 수 있어야 한다.

또 하나는, 내가 중국에 와서 어차피 한국으로 돌아가지 못할 바에는 생각을 달리하자. 사람이 생각을 달리하면 지옥도 천당이 될 수 있고, 뜨거운 한증막도 시원한 안식처가 될 수 있습니다. 그래! 남들은 많은 돈을 들여 가며 해외 유학도 가는데 나는 돈 벌면서 외국에 와 있지 않은가. 이왕 중국에 왔으니 중국말을 확실하게 배워 보자! 피나는 노력을 하였습니다. 주머니에는 항상 볼펜과 수첩이 들어 있고, 필요한 말이 생각날 때마다 메모하였습니다. 처음부터 한문을 쓰려면 머리가 너무 아플 뿐만 아니라 중국말 배우기도 너무 어려울 것 같아서 모두 한글로 적었습니다.

예를 들면, "너 어디 가(니 취나리)?", "너(니)", "어디(나리)", "가다(취)" 이런 식으로. 꼭 한문을 써야만 중국말을 할 수 있는 건 아니지 않습니까? 어린아이들이 글씨를 못 써도 말은 할 줄 아는 것과 같지요. 처음엔 말을 배우고, 그다음엔 알파벳으로 된 병음을 배우다 보면 나중에는 자연스레 한자가 눈에 들어오더군요. 그런데 중국말 중에서 제일 중요한 것이 성조이기 때문에 이것을 정말 잘 배워야만 했습니다. 현장에서 일하는 공인 아이 중에서도 발음이 정확하고 똑똑한 아이를 지목하여 완벽할 때까지 같은 말을 수십 번 반복해서 배웠습니다.

그 결과, 3개월 만에 저는 한족 공인 아이들과 통역 없이도 필요한 대화를 할 수 있게 되었습니다. 10년이 지난 현재 저는 중국 여행을 한국 여행하듯이 할 수 있고, 중국에서 생활할 때 모르는 사람과 대화를 해도 저를 한국인이라고 생각하는 사람은 없었습니다. 길을 가다가 가끔 타지에서 온 중국 운전사들이 길을 물으면 길 안내를 해 주기도 했습니다. 그런 후에 나 한국 사람이라고 밝히면 깜짝 놀라는 모습이 참 재미있었습니다.

중국어는 사성이라는 높고 낮음의 성조가 있는데, 이 성조가 참으로 중요합니다. 성조가 잘못되면 물건을 사겠다는 말이 판다는 뜻으로 변할 수도 있고, 볼펜을 갖고 싶다고 했는데 여성의 성기를 갖고 싶다는 뜻이 되기도 합니다. 중국말은 정확히 모르면서 조금 할 줄 안다고 함부로 했다가는 큰코다치는 경우가 많습니다.

여기서 잠깐! 중국에서 실제 있었던 일화를 하나 소개하겠습니다.

중국말을 아주 조금 할 줄 아는 한국 사람이 식당에 들어갔습니다. 식사 주문을 하고 식사를 다 끝마친 것까지는 좋았는데, 물이 부족하여 한족 여자 종업원에게 물을 더 달라는 뜻으로 말하였지만, 중국말의 성조가 잘못되어 그 여자 종업원에게 따귀를 맞는 봉변을 당하였습니다.

"쇼오제 수이."

남자의 의도는 "아가씨! 물 좀 줘요."라는 말이었는데 종업원이 이해한 말은 "아가씨! 나랑 같이 자자(하룻밤 즐기자)."라는 뜻으로 변한 겁니다.

이러니 따귀에서 그친 걸 천만다행으로 생각해야겠지요? 자! 그러면 도대체 어디가 그렇게도 잘못되었는지 내가 하나하나 짚어 보겠습니다.

중국말로 아가씨를 '쇼오제', 나이가 좀 더 어린 소녀를 '쏘꾸냥' 식당 종업원은 남녀노소 모두 '푸우왠(fu wu yuan, 복무원)', 물이나 잠자는 것은 한글로 쓰면 모두 '수이(shui)'입니다.

그러나 물을 뜻하는 '수이'는 삼성이고, 잠을 뜻하는 '수이'는 사성입니다. 물을 달라는 말을 정확하게 한다면

　A. "여기 물 좀 더 가져오세요(쩌리 짜이 나 수이바)."

'나'는 가져오라는 뜻입니다. 진짜 가져오라는 뜻은 '나 꿔라이'이지만, '나 수이' 하면 '나' 한 글자로도 가져오라는 뜻으로 해석이 됩니다. 결론적으로 "나 수이"라고만 해도 되는 것이지요.

　B. "복무원! 물을 한 컵 주시겠습니까(푸우왠 게이워, 이 베이 수이 커이마)?"

　C. "물 한 컵 줘요(게이워 이베이 수이)."

　D. "물 줘요(게이워 수이)."

　E. "마실 물(허 수이)" → '허'는 마신다는 뜻

　F. "물(수이)"

가장 정확한 말은 어느 것일까요? 한국말로 표현했으니까 금방 아시겠지요?

네, 답은 A와 B입니다. 위의 A, B, C, D, E까지는 혹 성조가 틀려도 물을 달라고 하는 줄 알아듣습니다. 그러나 F

는 오직 한 단어만 있기 때문에 성조에 따라서 '물'이 될 수도 있고, '(잠을) 자다'라는 뜻이 될 수도 있습니다. 일반적으로 '쇼오제'라고 하면 직업여성을 뜻하기도 하지만, 사무실이나 보통의 경우에는 모두 통용된다. 그러나 식당 종업원에게는 절대로 사용하면 안 된다. 자기 자신을 술집에 나가는 직업여성과 같은 부류로 생각한다고 해석한다. 이제 모든 것이 이해가 되겠지요?

그럼 우리 모두 식당 종업원의 입장에서 이 이야기를 다시 한번 되짚어 볼까요?

"쇼오제 수이."

"아니! 내가 이런 식당에서 일한다고 나를 아주 직업 여자 취급해? 뭐라고? 같이 잠자리하자고? 에잇! 귀싸대기나 맞아 봐라. 내가 이런 데서 일한다고 나를 아주 우습게 봐?"

중국 사람들은 상상할 수 없을 정도로 빈부 차이가 크기 때문에 못사는 사람들은 잘사는 사람들에 대하여 열등감을 가지고 있습니다. 때문에 그들의 자존심을 건드리면 안 됩니다. 성조가 틀리면 한국말이 중국말 되고 중국말이 한국말 될 수도 있습니다.

중국말: Hàn yǔ[한위] 사성
한국말: Hǎn yǔ[한위] 삼성
산다: mǎi[마이] 삼성

판다: mài[마이] 사성

워 요우 마이 뚱시(나 살 물건이 있다, 삼성).

워 요우 마이 뚱시(나 물건 팔 것이 있다, 사성).

많이 쓰는 중국말 하나 가르쳐 드릴까요? 중국말로 "감사합니다"를 "쎼쎼"라고 하는데, 많은 한국 사람들이 보통 말할 때 "쎄쎄"라고 합니다. ㅖㅖ와 ㅖㅖ의 차이. 이건 대단한 차이입니다.

"너무너무 감사합니다"는 "훼이창 쎼쎼" 또는 "훼이창 깐쎼"라고 하며 "대단히 감사합니다"는 "헌 쎼쎼"라고 합니다.

뿌하오이스(미안합니다).

뚜이부치(죄송합니다).

훼이창 뽀우첸(너무너무 죄송합니다).

쎼쎼는 씨에 씨에(xie xie)인데 씨에를 한 번에 말하는 것이고, 쎄쎄는 그냥 한국식 발음입니다. 여러분! 따라 해 보세요. 씨에를 한 번에 씨에 씨에, 즉 쎼쎼.

하나 더 알려드릴까요?

니 헌표량(당신 참 예쁘시네요).

예쁘다를 "표량", 아니 "표오량" 이렇게 해야 해요. 표를 좀 길게. "표오량(사성) 오는 없는 것처럼 해야 해요. 처음에 살짝만. 발음하기가 좀 힘드시나요? 그럼 이렇게 해 보세요. "피아오 리양"을 빨리 말해 보세요. 이게 정확한 발음입니다. 표량. 그냥 표량이라고 하는 것과 피아오 리양을 알고 있으면서 "표량"이라고 발음하는 것은 큰 차이가 있을 것입니다. 사실 직접 만나서 소리를 내며 가르쳐 드려야 하는데 그럴 수 없음이 안타깝군요.

만약 한국 사람과 비슷하게 생긴 일본 사람이나, 중국 사람이 한국어 발음을 아주 정확하게 하면 한국 사람인 줄 알겠죠? 그러나 발음을 어눌하게 하면 한국인이 아니라는 걸 대번에 알아차리게 되지요. 제가 중국에서 중국말을 할 때도 마찬가지였습니다. 발음과 성조를 정확히 하면 한국 사람이라고 밝히지 않는 이상 한국 사람인 줄 모르더군요.

우리나라 남자들은 참으로 행복한 팔자를 안고 태어났다는 걸 자랑스럽게 생각해야 합니다. 중국 남자들은 장가갈 때 평균치로 처가에 4만 위안(한국 돈 780만 원 정도, 환율에 따라 변동 있음) 정도를 결혼 지참금으로 줍니다. 월급을 1,200원 정도 받던 그 시절엔 4만 원 모으기가 여간 어려운 것이 아닙니다(현재는 3,000원 정도 받음). 예쁘고 학벌 좋은 엘리트 여성들은 그 값어치가 또 달라집니다. 10만 원도 되고, 20만 원도 됩니다. 돈이 없으면 장가도 가지 못합니다. 그래서 돈이 조금밖에 없는 사람들은 탈북 여성을 만나 1만 원을 주고 결혼을 하기도 합니다. 누이 좋고 매부 좋지요. 중국 사람은 돈을 조금 들이고도 결혼할 수 있어서 좋고, 탈북 여성은 오갈 데 없는데 정착할 곳이 생겨서 좋고. 그러나 이렇게 뜻대로만 되면 얼마나 좋겠습니까마는 탈북 여성이 고작 중국인과 결혼하려고 탈북한 건 아니지 않겠습니까? 얼마 후 중국 실정에 어느 정도 눈을 뜨면 다른 길을 택하게 되지요. 물론 탈북 여성이 다 그렇다는 건 아니고 극히 일부분 중에 그런 사람도 있다는 겁니다.

제가 이런 실정을 아는 것은 노래방이라는 술집에 가서 탈북 여성들을 만나서 이야기를 들을 수 있었기 때문입니다. 참고로, 중국은 노래방에서 노래만 하는 게 아닙니다. 아가씨가 옆에서 술을 따르고, 함께 춤추고 노래도 합니다. 또한, 중국 남자 중에는 요리하는 사람들이 많습니다. 어느 날 아는 사람 집을 방문할 일이 있었는데 이야기를 나누다 보니 저녁때가 되어서 일어서려니까 저한테 하시는 말씀이, '조금 있으면 사위가 곧 퇴근하니까 저녁을 먹고 가라'는 것입니다. 잠시 기다리니까 그 집 사위가 들어오더니 아주 자연스럽게 앞치마를 두르고 주방에 가더니 금방 볶음 요리를 한 상 차려서 내어 오더군요.

중국은 이런 풍습도 있습니다. 한국은 밤에도 가게 문들을 오래도록 열어 놓지만 중국은 해가 지면 일찌감치 문을 닫습니다. 시골이나 한적한 도시의 거리는 가로등도 없어서 밤만 되면 아주 캄캄합니다. 저는 중국에서 운전면허를 취득하여 직접 운전을 하고 다녔습니다. 어느 날 밤 10시쯤, 인적이라고는 찾아볼 수 없는 한적한 시골길을 운전하고 가는데 갑자기 저 앞에 사람들의 모습이 보였습니다. 커다란 돌 서너 개로 길을 가로막고 사람들이 다섯 명쯤 있었습니다. 깜짝 놀랐습니다. 만약 이 사람들이 강도 짓을 한다면 꼼짝없이 당할 판이었습니다. 다시 뒤로 돌아갈 수도 없고, 어찌 된 일인가 알아보니 이 자리에서 얼마 전에 교통사고로 죽은 사람이 있는데, 지나가는 차에게 노잣돈을 부탁하는 것입니다. 돈을 주면 받고, 안 주면 돌을 치우고 차를 보내 줍니다. 자초지종을 듣고 저는 흔쾌히 100원을 노자로 드렸습니다. 중국 사람들은 1원으로 한 끼 식사를 해결할 수도 있으니 100원이면 큰돈이라고 할 수 있습니다. 그러나 돈 많은 사람은 비싼 요리를 먹습니다. 한국 사람들은 대체로 20~40원 정도의 식사를 합니다.

이왕 말이 나온 김에 잠깐! 물가 이야기 좀 하고 넘어갈까요? 중국은 거의 모든 식품을 근으로 팝니다. 1근은 500g이며 시장에는 냉동되지 않고 갓 잡아 온 싱싱한 고기들을 팝니다. 고리에 걸어서 매달아 놓고 손님이 요구하는 대로 잘라서 팝니다. 소고기, 돼지고기, 말고기, 양고기, 그리고 닭고기와 토끼고기도 있습니다. 소고기와 돼지고기의 가격 차이가 별로 나지 않습니다. 500g 한 근에 그 당시 13원. 한국 돈으로 2,000원 정도. 소갈비 한 짝에 한국 돈 40,000원이면 살 수 있어서 한국 올 때 가져오고 싶었는데

육류는 인천공항에서 반입 금지라서 가져오지 못했습니다. 중국에서 수입해 온 농산물이 한국에선 질이 안 좋은 것으로 인식하지만, 사실은 그렇지 않습니다. 중국 현지에서 파는 마늘이나 고추는 참 좋은데 수입 과정에서 방부제와 그 외 약품 처리를 많이 하고 시간이 많이 경과하다 보니 질이 떨어진 것뿐입니다. 산동성 땅은 흙 속에 석회질 성분이 많아 농작물이 참 잘됩니다. 그러나 지하수는 질이 매우 안 좋습니다. 석회질 성분 때문에.

중국 땅이 넓다는 건 제가 굳이 서술하지 않아도 다들 알고 계시지요? 하지만 중국에 직접 가서 체험해 보지 않으면 실감하기 어렵습니다. 저는 산동성 청도에서 생활하고 있었습니다. 어느 날, 몇몇 친구들과 태산에 놀러 가기로 하였습니다. 거리는 약 380km. 기차로 6시간 반, 버스로 4시간 반 정도 소요. 기차는 밤에 가고 버스는 아침에 출발합니다. 우리는 태산까지 가는 동안에 주위 풍경을 감상하기 위해 버스를 탔습니다. 1시간을 달려도 주위 풍경은 사진을 찍은 듯 똑같았습니다. 끝없이 펼쳐진 옥수수밭과 땅콩밭. 지루해서 잠을 청했습니다. 한 시간쯤 자고 일어났는데 웬걸, 아직도 주위에는 옥수수밭밖에 안 보였습니다. 산동성의 특산물이 옥수수와 땅콩이라서 그런지 가도 가도 끝이 없습니다.

얼마쯤 더 가서 태산이 가까워지니 웅장한 산세가 보이

고 터널도 하나 지나게 되더군요. 중국 태산은 태안시 뒤에 있는 산입니다. 마치 우리나라의 안양시 뒤편에 관악산이 있는 것처럼. 우리나라에는 초등학교 교과서에 "태산이 높다 하되 하늘 아래 뫼이로다." 하고 나올 정도로 유명하죠. 해발 1,540m. 3분의 2 정도 되는 지점까지 셔틀버스를 타고 가서 조금 걸어서 다시 케이블카로 정상까지 갑니다.

태산 케이블카

처음부터 걸어서 올라가면 약 8시간 정도 걸린다고 하네요. 그러나 거의 초죽음. 왜냐하면 전부 계단으로 되어 있거든요. 11호 차(두 다리)가 훌륭하신 분들은 3분의 2 지점까지 버스 타고 가다가 내려서 3분의 1 정도는 걸어 올라갈

만합니다. 그러나 웬만하면 케이블카를 추천합니다. 정상
에 서면 태산의 웅장함을 느낄 수 있습니다.

태산 정상

태산 정상 부근

하지만 어차피 중국 여행을 가실 거면 태산보다는 장가계를 추천합니다. 넓은 땅에 살아 보니 마음도 자연스럽게 환경에 익숙해지더군요. 한국에서는 200km 정도의 거리도 상당히 멀게 느껴지지요? 중국에서는 보통 1,000, 2,000km는 되어야 조금 멀다고 하니까 3~400km는 멀지 않게 느껴져요. 실제로 200~300km의 여정은 하루 코스로 어렵지 않게 여행 계획을 잡기도 합니다. 제가 중국에서 하루에 최고 많이 운전해 본 거리는 청도에서 산동성 끝 황하까지 왕복 1,350km를 운행해 보았습니다. 고속도로에서의 평균 속도 120~140km 운행. 운전 시간만 13시간 정도 소요되었던 것 같아요. 그곳에 우리 회사 거래처가 있어서 관리 감독 때문에 출장을 갔었습니다. 그런데 먼 길을 가니 별일이 다 있더군요. 일기가 아주 변화무쌍해요. 햇빛 쨍쨍 나다가 얼마쯤 가면 갑자기 천둥 번개가 치고 비가 오더니, 또 어느새 해가 나고. 황하는 가뭄 때도 흙탕물처럼 붉은 물이 내려가더군요.

황하강에서

그래서 이름이 누를 황(黃) 물 하(河), 황하인가 봅니다. 강 너비는 얼마나 넓은지 건너편이 보이지 않을 정도였습니다.

무서운 일도 많이 있습니다

30대 한국인 아주머니 한 분이 택시를 타고 간 후 행방불명되었다가 3일 후에 발견이 되었는데, 배 속의 장기는 다 빼가 버린 시체가 발견되었습니다.

또 이런 일도 있었습니다. 공인들이 월급을 탄 날, 네 명의 공인이 얻어 사는 방에서 잠을 자는데 한밤중에 도둑이 들었습니다. 월급 탄 돈을 훔치러 들어온 것이지요.

부스럭거리는 소리에 잠자던 공인 한 명이 벌떡 일어나니까, 칼로 그대로 목을 그어서 공인 아가씨는 목숨을 잃고 범인은 그대로 도주하였습니다.

또한, 회사에서 공인들 일을 시키다 보면 어떤 사정에서든 간에 공인을 사직시켜야 할 때가 있는데, 이때가 가장 두려워해야 할 때입니다. 공인이란 공장에서 일하는 사람을 말합니다. 공인을 그만두라고 하면 그다음엔 틀림없이 보복합니다. 사직시킨 사람이 밖에 나가면 일명 깡패들을 동원하여(사실은 깡패가 아니고 그의 지인들, 남자친구, 오빠, 삼촌, 친구 등 등) 뒤에서 말없이 칼로 찌른다거나 떼거리로 덤벼들어 폭행을 가한다든지, 회사 사무실까지 찾아와서 행패를 부립니다. 이런 일로 인하여 죽는 한국 사람들이 가끔 있습니다. 한국에 있는 가족들에게 알릴 때는 교통사고로 죽었다고 말합니다. 대부분의 한국 사람들이 관리자이기 때문에 공인들의 인사관리도 담당하고 있습니다. 때로는 조선족 관리자에게 위임하기도 하지만, 결국 제일 위에 있는 사람은 한국 사람이기 때문에 보복은 한국 사람이 당합니다. 저도 10년 동안 있으면서 죽을 고비를 몇 번 넘겼습니다. 그들과 맞서기 위해서 중국말을 더욱 열심히 배웠는지도 모릅니다. 저는 액세서리 제조 수출 회사에서 근무하였는데, 크고 작은 하청 업체들이 많이 있습니다. 그중에 대부분이 한족 업체이지요. 용접하는 일을 해 주는 한족 업체가 있었는데, 제 밑에 과장 아이들이 하는 이야기가 그곳 거래처에서 불량을 많이 내고 날짜를 제대로 맞추어 주지 않는다는 것입니다. 그래서 제가 지시를 했지요. 그럼 그곳과 거래를 끊고 다른 업체와 거래하라고. 하청 일을 할 수 있는 곳은 얼마든지 있거든요. 그런데 그곳 사장이 동네에서도 이름난 깡패라는 것입니다. 그러나 저는 그런 것은 무섭지 않습니다. 그런 거 무서워하면 중국에서 관리자 생활을 하지 못합니다. 그다음 날 한족 사장이 저의 사무실에 찾아왔더군요. 거래를 끊은 데 대한 보복을 하려는 것이겠지요. 저한테 하는 말이,

"당신 어디 사는지 알고 있는데 집 밖에 나오면 다리를 부러뜨려 버릴 테니 각오해."

저는 가지고 있던 볼펜을 나무 책상에 '쾅' 내리찍으면서 한마디 했지요.

"야! 너 내 다리만 분지르면 되겠어? 나의 목을 잘라야지. 만약 내 다리만 부러뜨리면 내가 너의 목을 잘라 버릴 거야."

내가 더 큰소리를 쳤더니 더 이상 아무 말을 못 하고 돌아가더군요. 그 후 별다른 보복은 없었습니다. 이틀 후 저 혼자 그의 공장으로 찾아갔습니다. 한국 사람들을 우습게 보는 놈들에게 기가 죽을 내가 아닙니다. 그야말로 호랑이 굴로 들어간 것이지요. 만약 그자가 저에게 앙갚음하려고 마음먹었다면 저는 꼼짝없이 당했을 겁니다. 차를 내어 오더군요. 마시면서 유화정책을 썼습니다.

"앞으로 우리 회사 일을 우선적으로 해 주고, 불량에 대해서는 신속하게 처리를 잘 해 주면 당신과 다시 거래할 생각이 있다."

그랬더니 덥석 제 손을 잡으며 앞으로는 실망하지 않도록 일을 잘 해 주겠다고 해서 약속을 하고 다시 거래하였습니다. 그 후부터는 열심히 제 회사 일을 속 썩이지 않고 잘 해 주었습니다. 중국에서 회사를 운영하려면, 중국에서 기업의 총 책임자가 되려면 목에 칼이 들어와도 기죽지 않는 두둑한 배짱이 있어야 합니다. 더 강하게 나가야만 중국 깡패들이 꼬리를 내립니다.

 중국 생활을 청산하면서 장가계 여행을 하고 왔는데, 여러분들께서 혹시나 장가계 여행을 가게 되면 참고하시라고, 여기에 후기를 올려 보겠습니다.

장가계[쨩쟈졔] 여행 후기

글 쓴 날 : 2011년 11월 10일
글쓴이 : 이종태

나는 지금 중국 청도에 있다. 드디어 10년의 중국 생활을 청산하고 한국으로 돌아가게 되었다. 가기 전에 이전부터 염원하던 장가계 여행을 가 보고 싶었다. 일정이 오래 걸리기 때문에 평소에는 갈 수 없는 곳이기에 이럴 때를 기회로 가 보려는 것이다. 주위에 한족이나 조선족, 한국 사람 등 아는 사람들은 모두 걱정을 했다.

장가계는 후난성인데, 그곳은 말도 다르고 또한 먼 길을 혼자 여행하면 위험한 일도 생길 거라며 여행사를 통해서 가는 것이 좋을 거라며 혼자 가지 말라고 했다.

나 역시도 차로 2,400km 이상이고, 비행기로도 1,450km나 되는 곳을 가이드도 없이 혼자 가려니 걱정이 안 되는 바는 아니었지만, 그래도 일단은 중국어에 자신 있고, 혼자 개척해 보고 싶은 모험심과 인터넷과 구글 지도를 통하여 사전 정보를 많이 모았다. 그곳까지 가는 교통편과 여행 일정과 여행 코스, 입장료, 숙박비, 식대, 등등.

그중에 교통편을 정하는 것이 가장 고민이 되었다. 어떤 것으로 가든지 청도에서 장가계까지 한 번에 가는 것은 없다. 중간에서 최소 한 번은 갈아타야 한다. 비행기로 가면 당일에 장가계까지 도착할 수 있는데, 열차로 가면 30시간, 버스로 가면 24시간 정도 걸린다.

아이들(회사 조선족 직원들) 말이 버스는 너무 위험하다고 타지 말란다. 실제 경험한 직원이 있는데, 동북에서 18시간 정도 버스를 타고 오는 길에 한밤중에 한적한 곳에서 갑자기 차가 서더니 승객들 모두 버스에서 내리라 하기에 내려 보니 밖에는 깡패 놈들이 5~6명 정도 있었다.

버스 승객들에게 돈과 가방을 모두 빼앗고, 가방을 모두 뒤져 값나가는 물건을 모두 뺏은 후 가방을 돌려주고 차를 보내더란다. 오는 길에 경찰에 신고했지만 지금 현재 7개월이 지나도록 아무런 소식이 없단다. 결과적으로는 운전기사와 깡패들이 같이 짜고 한 짓이라는 것이다.

기차로 가도 위험하기는 마찬가지지만 그래도 좀 더 안전하고 차비가 약간 싸다. 한 칸에 2열로 된 3층 침대칸(잉워)을 타고 간다 해도 장장 23시간을 가다가 다시 다른 거로 갈아타고 가야 하니 불편한 점은 이루 말할 수가 없을 것이다. 그나마 일행이 있으면 좀 더 좋겠지만 혼자 가는 장거리 여행은 정말로 고생길이다.

그렇게 고민하다가 결국은 비행기를 타고 가기로 마음먹었다. 가는 데 하루, 오는 데 하루, 그곳에서의 관광 일정 3

일. 5일이면 되는데 만일의 사태에 대비하여 하루 더 넉넉하게 6일로 정하고, 11월 04일 출발하여 11월 09일에 돌아오는 거로 항공표를 구입했다.

장가계 여행 코스는 도착한 날 저녁에 천문산 쇼를 보고 그다음 날은 장가계 시내 앞에 있는 천문산을 보고, 다음날은 시내에서 33km 떨어진 장가계 산림공원을 구경 후 그 다음 날 무릉원(우링웬)을 보고 그다음 날 돌아오면 된다.

준비물은 속옷 3개, 양말 5켤레, 수건 2개, 세면도구, 그리고 작은 전기장판과 3m짜리 콘센트와 그 외.

전기장판을 챙긴 이유는, 몇 년 전에 어느 곳에 여행 가서 3일 동안 싼 호텔에 묵은 적이 있었는데, 방안에 온풍기가 있어도 등이 너무 추워서 잠을 못 잤던 경험이 있기 때문이다.

11월 04일

드디어 출발이다.

07시 40분 출발 비행기인데 설레는 마음에 잠을 이루지 못하고 05시에 일어났다.

청도 공항에 비가 내린다.

자욱한 구름을 뚫고 하늘 높이 오르니 반짝이는 햇빛 아래 경치가 너무 눈부시고 아름다워 솜털 같고 양탄자 같은 구름 위에서 마냥 뛰어다니며 놀고 싶어진다.

비행기에서 본 구름

비행기는 허베이를 경유하여 오전 10시 50분에 장사(창
싸)공항에 도착했다.

장사공항은 의외로 크고 깨끗했다.

장사공항

공항에서 시내까지는 30분 정도 버스로 가야 한다.

길을 물어볼 때는 아가씨나 젊은 신사에게 물어보는 것
이 좋다고 생각한다.

젊은이들이 아는 만큼 성실하게 답변하고, 말도 똑똑하
게 하기 때문이다.

버스 안에 혼자 앉아 있는 아가씨가 있기에 그 옆에 자리
를 잡았다.

나는 한국 사람이고, 이곳에는 처음이고, 장가계를 가려면 어떻게 가야 하느냐고 물으니 장사에는 버스 종점(치처짠)이 많은데 장가계 가는 버스가 어디에서 출발하는지 자기도 확실히는 알 수 없지만, 아마도 시짠(서쪽에 있는 종점)에 있을 것 같다고 한다.

참고로 장사는 굉장히 큰 도시였다. 청도보다 큰 것 같다.

그런 와중에 버스는 어느덧 목적지인 기차역 부근 종점에 도착했다.

장사 기차역

버스에서 내리는데 밖에서 들려오는 소리, "장가계 가실 손님!" 한다.

얼마며 몇 시에 출발하느냐 물으니 12시 30분에 출발하고, 요금은 120원이라고 한다.

현재 시각은 12시 10분.

내가 알고 있는 정보로는 장사에서 장가계까지 버스 요금이 99원이지만 중국은 차의 크고 작음과 종류에 따라서 요금이 다르기에 20원 더 주는 셈 치고 이 차를 타기로 했다. 마침 출발 시간도 임박하니 괜찮은 것 같다. 고마운 아가씨와는 바이바이 하고 장가계 가는 버스에 올랐다.

오후 4시 50분에 장가계 시내에 도착했는데, 어디에서 내려야 하나 고민하고 있는데 나의 시야에 인터넷 사진에서 본 낯익은 장면이 들어왔다. 장가계 시내에서 천문산으로 이어지는 케이블카를 본 것이다. 버스에서 내려 보니 옆에 호텔이 있기에 물어보니 하룻밤 숙박비가 450원이라고 한다. 너무 비싸다. 나의 예상 가격은 100~200원이다.

그곳을 나와서 호텔 옆에 있는 슈퍼(쵸스)에 들어가 음료수를 하나 사면서, 이 근처에 싼 여관이 어디 있느냐고 물으니, 여관도 시설에 따라 가격이 여러 가지인데 얼마짜리를 원하냐고 하여 100원 정도를 원한다고 하니, 케이블카 (쉬또우 또는 란처. 그러나 란처는 잘 안 씀) 앞쪽으로 가 보면 많이 있다고 한다.

역시 여관들이 많이 있었다. 일단 외관상으로 볼 때 건물

이 오래되지 않은 곳으로 들어가 욕실 딸린 방을 70원에
이틀을 계약했다.

장가계 70원짜리 여관

신분증 요구에 여권을 주니 깜짝 놀란다.
아니, 한국 사람이 어떻게 혼자 여행을 다니냐며 내가 물
어보는 말에 성실하게 답변을 해 준다.
2층 방에 짐을 풀고 내려와서 앞에 있는 식당에서 20원
짜리 저녁 식사를 간단히 하고 여관 주인에게 물었다.

천문산쇼(텐먼f푸쎈)를 보고 싶은데 어떻게 해야 하느냐고 물으니, 매일 밤 8시 30분부터 공연하는데 입장권(먼표)을 자기들이 사면 싸게 산다고 하여 부탁을 했다.

관람석은 직사각형으로 되어 있으며, 가운데 제일 앞쪽이 VIP석, 약 280원. 가운데가 A석 238원, 그 옆이 B석, 제일 가장자리가 C석, 180원. 어차피 보는 거 A석을 한 장 끊었다.

여관 앞에서 시내버스 5번을 타고 목적지에 도착했다. 많은 사람이 관람석을 빈틈없이 꽉 메웠다. 무대는 굉장히 크고 웅장했다. 산속 먼 곳까지 조명 장치가 되어 있었다. 등장인물이 합창단까지 합해서 수백 명은 되어 보인다.

천문산 쇼

공연을 보면서 나도 모르게 감동의 눈물이 흘렀다.

공연 내내 상상할 수 없는 일들이 너무 많이 펼쳐진다.

장가계 여행을 가면 천문산 쇼를 꼭 보라던 누군가의 말이 너무도 고맙게 느껴진다.

지금까지 이런 공연은 본 적이 없다.

관람료 230원이 절대로 아깝게 느껴지지 않았다.

이 글을 읽으시는 여러분!

장가계 여행을 가시면 천문산 쇼를 꼭 보세요. 강추!

역시나 여관 주인에게 부탁해 240원에 표를 사고 천문산 케이블카에 몸을 실었다.

천문산 케이블카

장장 7,455m 길이의 케이블카. 해발 1,518m의 천문산 꼭대기까지 이어져 있는데, 중간쯤에 역이 있고, 천문동 굴을 갈 때는 하산 길에 이곳에서 내려서 무료 셔틀버스를 타고 가면 된다.

37도의 경사로 올라가는 케이블카는 무섭고 위험해 보이지만, 이것은 프랑스의 전문 기술자들이 와서 설치한 것이라고 한다.

산 밑에서는 잔뜩 낀 구름 때문에 한 치 앞이 안 보여서 내심 걱정을 했는데, 어느 순간 눈앞이 환하게 밝아지며 무릉도원에 온 듯한 환희를 맛보게 된다.

눈 앞에 펼쳐진 경치를 보는 순간 8명이 함께 탑승한 케이블카 안에서는 누가 먼저랄 것도 없이 모두 탄성을 질렀다. 나 역시 나도 모르게 탄성이 터져 나왔다.

정상에 도착하니 산 아래에는 온통 구름이고, 그 구름 사이로 높은 산들이 자태를 뽐내고 있었다.

그 경치에 감동되어 나도 모르게 눈물이 나왔다.

천문산 정상

천문산 정상은, 진짜로 평지는 아니지만 넓은 평지처럼 되어 있어서 구경하는 데 그리 힘들지는 않기에 연세가 있으신 분들도 별 무리 없이 구경할 수 있는 곳이다. (하루 코스로 시간 충분함)

끝이 보이지 않는 수십 길 낭떠러지 절벽 길을 걷다 보면 묘한 스릴도 맛볼 수 있고, 또 어떤 곳은 밑이 훤히 보이는 유리판으로 만들어진 곳도 있지만 이것이 무서운 사람은 옆길로 돌아가면 된다.

천문산 유리 바닥

한참을 가다 보면 가야금(?)을 멋지게 연주하는 아가씨가 있는데, 산 위에서 듣는 그 소리는 특별히도 아름답고 감미

롭게 들려 온다. 자기가 원하는 곡을 듣고 싶으면 20원 주고 신청하면 된다. 나는 이곳에서 그 연주에 심취해 1시간 반 동안을 머물렀었다.

천문산 가야금 아가씨

관람 코스로는, 케이블카를 타고 정상으로 올라가면서 봤을 때 좌우로 절벽 길이 있는데, 오른쪽 길을 선택하는 것이 좋다(정상에서 봤을 때는 왼쪽 길).

천문산사까지 가서 힘이 남아도는 사람은 나머지 반쪽 코스를 관람하면 되고, 기운이 없는 사람은 리프트(23원)를 타고 케이블카 정상역까지 와서 내려오다가 중간역에서 내려 셔틀버스(무료)를 타고, 마치 곡예를 하는 듯한 통천대도를 거쳐 천문동을 보고 다시 중간역으로 와서 케이블카를 타고 하산하면 된다.

　천문동은 천문산 정상 부근에, 삼국 시대 때 우연히 무너져 내려 뚫린 자연 굴인데, 1995년 프랑스 에어쇼 단이 비행기로 이 굴을 통과한 것이 전 세계적으로 알려져 하루아침에 유명해졌다고 한다. 그 후에도 러시아 에어쇼 단이 비행기로 이 동굴을 통과했다.

천문동 굴

아침은 5원짜리 훤둔 한 그릇으로 때웠다.

5원짜리 훤둔

오늘과 내일은 장가계 시내에서 33km 떨어져 있는 장가계 삼림공원과 무릉원을 구경해야 하기 때문에, 원래 예정대로라면 그곳에 가서 1박을 해야 하는데, 내 생각엔 이 여관이 괜찮은 것 같아서 다시 돌아오기로 하고, 아주 가벼운 준비로 시외버스를 타고 삼림공원에 도착했다.

차비는 여관에서 터미널(치처짠)까지 택시 7원. 시외버스비 10원이 들었다(소요 시간 약 1시간).

부슬부슬 비가 내리는데도 관광객들이 아주 많았다.

나도 버스에서 내리자마자 사진을 찍기 시작했다. 중국 사람들이 죽기 전에 꼭 가 봐야 할 10곳 중 한 곳이라더니 정말 틀린 말이 아니었다. 너무나도 아름다운 경치를 말로 표현할 길이 없다.

오긴 왔는데, 막연하게 인터넷 정보로만 알고 왔으니 코스를 어떻게 정해야 하나? 내가 막연하게 아는 정보와 눈 앞에 놓인 광경은 많이 다른 것 같다.

245원 주고 표를 사고 공원 안으로 들어갔다. 주위를 돌아보니 어느 국가 사람이건 혼자 여행 온 사람은 나뿐인 것 같다. 좀 외로움을 느끼지만 즐거운 마음으로 여행하여 보기로 했다.

장가계 삼림공원 입구

사람들에게 길을 물어 황석채(황쓰짜이) 케이블카(편도 50원)를 타고 산 위로 올라가 보았다.

장가계 황석채

그곳에서, 멀리 광동에서 왔다는 중국인 부부와 일행이 되어 서로 이야기를 나누며 동행이 되었다.

산 위에는 안개가 자욱하여 아무것도 볼 수가 없었다.

지도에도 없는 갈림길이 나올 때는 세 사람 서로 의논하며 간신히 길을 찾아가기도 했다.

그 와중에도 어느덧 약 1시간이 조금 넘는 황석채 코스를 다 돌고, 그분과도 작별하고 산에서 내려와 금편계곡으로 향했다.

계곡을 끼고 이어져 있는 경치는 참으로 웅장하고도 아름다웠다.

장가계 금편계곡

자연적으로 어떻게 이런 모양들이 만들어질 수 있을까?

감탄사를 연발하며 걷는 길엔 귀여운 길동무인 야생 원숭이들도 많았다.

먹을 것을 달라고 사람들을 졸졸 쫓아다녔다.

장가계 야생 원숭이

어떤 녀석은 길을 안내라도 하듯 빨간 궁둥이를 씰룩거리며 나보다 앞장서서 걸어가기도 했다.

옆에 가는 중국 아가씨들은 재미있는 듯 자기들끼리 웃으면서 이야기했다.

"어떻게 원숭이 궁둥이가 이렇게도 빨갛지?(허우즈 피구 전머 쩐머 홍라)"

한참을 가다 보면 천리상회라는 곳이 있는데, 이곳에선 예쁜 옷을 입은 아가씨들이 돈을 받고 함께 사진을 찍기도 했는데, 자꾸만 꼬드기는 바람에 얼떨결에 나도 한 장 찍었지만, 지금 생각하니 좋은 추억으로 남는다.

장가계 천리상회

장가계 천리상회 앞

금편계곡 관람을 끝으로 하루 일정을 마치고, 셔틀버스를 타고 무릉원(우링웬)으로 가서, 1번 시내버스를 타고 다시 우링웬 시내 쪽에서 시외버스를 타고 장가계로 돌아왔다.

장가계 셔틀버스

11월 07일

오늘은 사실상의 여행 계획 마지막 날이다.

장가계 삼림공원은 하루에 다 볼 수 없기 때문에 표도 이틀간 유효하다.

즉, 하루 보고 나와서 공원 밖에서 자고 그다음 날 다시 들어갈 수 있다.

그러나 한 번 들어가면 영원히 안 나와도 나올 때의 문제는 되지 않는다.

우링웬에서 셔틀버스를 타고(공원 안의 구간별 셔틀버스는 전부 무료임) 백룡엘리베이터(바이룽탠티) 쪽으로 갔다.

장가계 무릉원 입구

말로만 듣고, 사진으로만 보아 왔는데, 정말 중국 사람들의 건설 기술은 놀랍기만 하다.

엘리베이터를 타고 산 위에 있는 원가계로 올라갔다.

백룡엘리베이터 광장

백룡엘리베이터

원가계는 절벽 위에 있는 또 다른 세계이다. 원가계에도 셔틀버스가 있는데, 길이 험해서 그런지 천자산 쪽으로 가는 버스는 좀 작은 것들이다.

천하제일교를 가 보고, 3D 영화 아바타 촬영지도 가 보았는데 안개가 너무 끼어서 또렷하게 보이지는 않았지만, 경치가 너무 좋았다.

앞에서 말했듯이 원가계는 산 위에 있는 또 다른 세계이기 때문에 내려올 때는 또다시 뭔가 타야 한다.

물론 걸어 내려올 수도 있지만 힘들고 시간이 오래 걸리기 때문에 나는 천자산 케이블카를 타고 산에서 내려와 바로 십리화랑으로 향했다.

편도 5.5km의 길이 좀 멀게 느껴져, 왕복 40원 하는 꼬마 전동 기차표를 끊었다.

십리화랑 꼬마 기차

왜 십리화랑인가 했더니 그 이름의 뜻을 비로소 알게 되었다.

십 리 이상의 길을 가면서 앞쪽의 풍경이 그림처럼 펼쳐져 있었다.

십리화랑

정말 놀라운 광경이었다.

어디를 가든, 가이드를 대동해 여행 온 한국 사람들을 참으로 많이 볼 수 있었다. 그런데 좀 안타까워 보였다. 어떤 곳에서는 좀 더 머물고 싶어도 가이드가 빨리 가자고 재촉하면 가야 한다.

여행이란 무엇인가? 좀 더 즐겁고 자유스럽게 만끽하려면 여유가 있어야 하는데 그럴 수가 없다. 물론 말이 안 통하고 낯선 곳이니 어쩔 수가 없겠지. 그런 것을 보면 나는 참 행복한 여행을 하고 있다. 다만 곁에 벗이 없으니 조금 외로울 뿐.

그렇게 그날 십리화랑의 구경을 마치고 장가계 시내로 돌아왔다.

당초 여행 일정에서 하루를 여유 있게 잡았더니 오늘 하루 할일이 없다.

심심한데 보봉호(보f펑후)나 가 볼까?

보봉호는 우링웬 변두리에 있는데 유일하게 높은 곳에 자리해 있고, 인공호수이다. 입장료는 74원. 문을 통과해서 호수를 찾아 1km 이상을 걸어서 산 정상까지 갔는데도 호수가 보이질 않는다.

도대체 어떻게 된 일일까.

아무래도 길을 잘못 온 것 같다. 오던 길을 되돌아섰다. 한참을 내려오다 옆에 작은 표지판이 있기에 자세히 보니 그게 바로 옆으로 빠져서 보봉호로 가는 이정표다.

언뜻 보았을 때 약 20~30명이 탈 수 있는 배를 타고, 배 앞쪽에서 주변 경치를 설명해 주는 예쁜 아가씨의 설명을 들으며 호수를 한 바퀴 도는 것이 보봉호 관람이다.

보봉호 가이드 아가씨

관람 도중에는 배가 지나가면 옆 땅에서 사람들이 노래를 들려주기도 한다.

보봉호 노래하는 아가씨

관람 시간은 1시간이 안 되는 것 같다.

보봉호

보는 사람의 관점에 따라 다르겠지만, 별로 추천하고 싶지는 않다.

주변에 있는 황룡동굴은 일부러 가지 않았다. 전에 산동성 이수이현에 유명한 동굴이 있다고 하여 갔다가 실망한 경험이 있기 때문이다.

한국 충북 제천에서 9년 동안 살았던 적이 있었다.

주변에는 단양과 영월에 많은 동굴이 있기에 모두 다 가 보았는데, 이수이현에 있는 동굴보다는 한국의 동굴들이 훨씬 멋있었다.

그래서 황룡동굴은 가지 않았다.

청도로 돌아가는 날.

장사에서 밤 8시 50분 비행기이고, 장가계에서 오후 1시 16분에 출발하는 기차표를 끊어 놓은 상태다.

오전 시간이 남는다. 장가계 시내에 있는 토가 풍정원을 구경하러 갔다. (입장료 80원)

옛날 토가족이 살던 풍경을 모아 놓은 곳이라고 할까?

아무튼 기가 막힌 옛날 건물이 있었다.

토가 풍정원

토가 풍정원에서

　토가 풍정원 안에서는 실제로 지금도 사람들이 살고 있었고, 그냥 지나가면서 혼자 부르는 어느 소녀의 노랫소리를 언뜻 듣게 되었는데, 그건 일반적으로 쉽게 들을 수 있는 노래가 아니었다.

　참으로 듣기 좋았다.

　장가계를 찾는 관광객분들에게 추천하고 싶은 곳이다.

　오후 1시 16분에 장사행 기차에 올랐다.

장가계 기차역

　기차 안에서 옆자리의 승객과 이야기를 하다 보니 우링 웬에 사는 사람들이었다. 우리는 전화번호를 주고받았고 다음에 다시 장가계를 오면 꼭 연락하라고 한다.

　장사에서의 밤 비행기는 허베이를 경유하지 않고 바로 청도로 와, 11시 40분에 공항에 도착했다.

　이것으로 5박 6일의 장가계 여행은 모두 끝이 났다. 집사람이 사 준 메이커 등산화 덕분에 체력에 무리는 오지 않았다. 여행하는 내내 참으로 고마움을 느끼고 너무 보고 싶었다. 같이 왔으면 얼마나 더 좋았을까.

　집사람이 즐거워하는 모습을 보았으면 나 또한 더한 행복을 느꼈을 텐데….

여행 중에는 좋은 사람들을 많이 만났고, 모두가 따뜻한 가슴을 가지고 있었다. 떠나기 전에 우려했던 일들은 기우에 불과했다.

내가 한국 사람이라고 소개하니 모두 친절하게 대하여 주었다. 그리고 이젠 중국의 어느 지방을 간다고 해도 자신감이 생겼다. 언어에 대한 문제점은 하나도 없었다. 마치 한국 국내 여행을 하는 듯, 모르는 길은 물어보면 되니까.

자작시

타국에서

바람에 실어 볼까, 구름에 띄워 볼까
떠도는 내 마음을 어디에다 의지할까
가려 해도 갈 곳 없고, 오라는 데 하나 없네
굳게 놓인 반석처럼 이 내 마음 다지련만
안개처럼 흩어지는 외로운 인생이여!

2002년 8월 27일,
타국에서의 외로움을 달래며

그대가 올 것만 같아

오늘은 오시려나, 아니 내일 오시려나

언제나처럼 나는, 또다시 기다린다

그대가 올 것만 같아

내일 올지 모래 올지 한 달 후에 올지 일 년 후에 올지

영원히 아니 올지도 모르지만

나는 오늘도

문밖에서 들리는 작은 바람 소리에도 귀를 기울인다

그대가 올 것만 같아

나는 날마다 이렇게도 그대가 그리운데

그대는 아시려나

이다지도 간절하게 당신을 그리는 애타는 내 마음을…

"언제 한번 시간이 되면 갈게요."

당신의 그 한마디 빈말인 줄 알면서도

오늘도 나는, 청소를 하고 몸가짐을 단정히 한다

혹시라도 내 사랑

그대가 올 것만 같아

타국에서 늦은 밤,
사랑하는 아내를 그리며

어느 봄날의 독백

산들산들 봄바람에 춤추는 수양버들
파릇파릇 새싹들은 안개비에 젖어 있네
멀리서 가까이서
저기 가는 저 아가씨의 마음속에도
또한 내 마음속에도
거리를 거니는 모든 사람의 마음속에서도
봄바람은 살랑살랑 불어오고 있는 것 같구나
오동잎은 봄이 오면 다시 피는데
아름다웠던 내 청춘은 다시 돌아오지 않으리
흐르는 세월을 어찌하려나
아직도 내 가슴속에 정열은 불타는데

2010년 4월의 어느 안개 낀 날,
바람에 나부끼는 수양버들을 보며

달맞이꽃 예찬

석양이 지고 어둠이 찾아오면
촉촉한 밤이슬을 머금고 살포시 피어나는 너
이 세상에 온갖 꽃들이 저마다의 아름다움을
자랑하고 있지만
왠지 모르게 나는
밤에만 피는 너의 모습이
더없이 고귀하고 정겨웁게만 느껴지는구나
모두가 잠든 밤에 세속의 모든 사연을 묻어 버리고
너는 이렇게 홀로 피어
고독하고 외로운 이 밤을 쓸쓸히도 노래하고 있구나
어찌 보면
나 또한 너를 닮아
차가운 달빛 아래 외로움을 달래며
보이지 않는 그 아픔을 가슴으로 품어 보리라

2009년 여름,
타국에서 외로움을 달래며

첫사랑

그대 생각 못 잊어 그리움에 젖을 때
소리 없이 손짓하는 봄의 유혹에 이끌려
꽃내음도 향기로운 동산에 올랐더니
어디선가 아롱이는 그리운 그대 모습
생시인가 환상인가 달려가 보았지만
내 가슴에 안긴 건 오직, 한 아름의 진달래

감수성 많은 열아홉 시절,
어느 봄날에

교통약자 차량 운전자의 눈으로 본 장애인의 삶과 애환
그리고 나의 이야기

1판 1쇄 발행 2021년 9월 30일

지은이 이종태

교정 윤혜원
편집 이정노

펴낸곳 하움출판사
펴낸이 문현광

주소 전라북도 군산시 수송로 315 하움출판사
이메일 haum1000@naver.com   **홈페이지** haum.kr

ISBN 979-11-6440-835-1

좋은 책을 만들겠습니다.
하움출판사는 독자 여러분의 의견에 항상 귀 기울이고 있습니다.